*i*
imaginist

想象另一种可能

理
想
国

imaginist

# 我叫他，爷爷

王健壮 著

广西师范大学出版社
·桂林·

**图书在版编目(CIP)数据**

我叫他，爷爷 / 王健壮著 .—桂林：广西师范大学出版社，
2014.1
ISBN 978-7-5495-4880-4

Ⅰ . ①我… Ⅱ . ①王… Ⅲ . ①回忆录 – 作品集 – 中国 – 当代
Ⅳ . ① I251

中国版本图书馆 CIP 数据核字 (2013) 第 294639 号

广西师范大学出版社出版发行

　桂林市中华路22号　邮政编码：541001
　网址：www.bbtpress.com

出版人：何林夏
全国新华书店经销
发行热线：010-64284815
山东鸿杰印务集团有限公司印刷
　山东省淄博市桓台县　邮政编码：256401

开本：787mm×1092mm　1/32
印张：9.25　字数：88千字　图片：60幅
2014年1月第1版　2014年1月第1次印刷
定价：39.00元

如发现印装质量问题，影响阅读，请与印刷厂联系调换。

# 序 一

# 《中时》的味道

许知远

"千金剑，万言策，两蹉跎。醉中呵壁自语，醒后一滂沱。不恨年华去也，只恐少年心事，强半为销磨。愿替众生病，稽首礼维摩。"

我常想起王健壮坐在余纪忠纪念室的沙发上，对着余抄写这幅字的情景。词句出自梁启超的《水调歌头·甲午》，时年刚过二十岁的心，因甲午之败而生出强烈的感慨。

梁启超的情怀影响了几代中国知识人，激励他们缔造一个现代中国。余纪忠也是其中之一。在随国民党政权流亡台北后，他创办的《中国时报》要继承的仍是梁的文人办报的理想，在知识与政治、舆论与权力、个人抱负与家国情怀间寻找某种平衡。

梁启超也影响了王健壮。一九七七年，在他主编的第三期《仙人掌》杂志上，他就以梁启超为封面人物。这与之前的两期封面人物傅斯年、蔡元培再恰当不过地表现了这个刚刚从台大毕业的青年人对未来的期待——他要用知识与思想来塑造社会。

六十七岁的余纪忠发现了二十四岁的王健壮，并慷慨（或许过分慷慨）给予后者一个机会——担任《中国时报》"人间副刊"的主编。考虑到当时"人间副刊"的影响力，这实在是个惊人的决定。在一个政治仍为禁忌的年代，思想、文学常成为另一个突破口，变成集体思潮与情绪的平台，"人间副刊"正是当时台湾社会思想与文化的中心。除了分享偶像梁启超的个人情怀，王健壮也必定体验到了少年得志之感。

接下来的三十年中，王健壮的个人命运与《中国时报》乃至台湾新闻业紧密相关。除去梁启超的情怀与传统，他也是美国新闻标准的拥趸，一心要把《纽约时报》、《时代》的方式引入华语世界。

他是幸运的。他这一代新闻人亲历，也推动台湾从政治高压走向自由民主的历程，这其中，戏剧性的、如火山喷发的变化，为新闻业提供了源源不断的素材。他与朋友在一九八七年创办《新新闻》杂志，试图创造一种新的报道风格与视角，来描绘解严后的台湾社会新景象。

他也是不幸的。像很多杰出的台湾知识人一样，他那梁启超式的辽阔情怀无处施展。他成熟的过程，也是个台湾逐渐缩小的过程。这个岛屿曾经以整个中国为志业，承接三皇五帝到老蒋，但在获得自由的同时，它也在切割自己与那个广阔传统的关系。像很多转型国家与地区一样，突然到来的自由没有激起整个社会更深邃的思考能力，反而迅速地琐碎化。知识与思想的抱负陷入娱乐、浅薄的泥淖。

大约三年前，我在普陀山上的一次会议中认识了王健壮。那次会议由一位有政治情结的香港商人召集，想要讨论中国的未来，他也很相信台湾的转型能提供某种参照。

会议以消防原因被迫取消，让人想起一九七〇年代的台湾。在酒桌上，我很被王健壮的风度所折服。他似乎有一种我只在书本上看到民国报人的味道，性情、潇洒、酒量惊人，对后辈有一种特别的慷慨——或许这也是从余先生处所学。

在之后，我们成了朋友。每逢去台北，都不免在小巷的酒馆里推杯、畅谈。尽管年龄与成长环境都不同，我们却像是精神的同代人。除去都对中国知识人的传统深感兴趣外，我们也都是在美国新闻业的影响下成长的，说起《纽约时报》那些杰出的记者时，都有一种特别的兴奋。他也讲起台湾的转型过程，他对于政治人物的看法，当然还有《中国时报》的记忆。不过，他始终有一种内敛，不管他显得多么性情与潇洒，你也总觉得他和你保持某种距离，不愿与你分享他更深的感受与思想。

当他怀旧时，也难免陷入一种灰心与无力。这份曾塑造台湾命运的报纸如今被一个卖米果的商人把持着。余纪忠英俊、端庄的胸像雕塑仍在，但报业大厦的入口早已矗立着巨大的"旺旺"的滑稽塑像，像是一种粗鄙力量对旧传统的公然挑战。王健壮曾试图重塑《中国时报》的气质，也曾费力在新老板与旧传统之间充当调停人，但都陷入一种无力回天之感。这也真是反讽一刻，他们在强烈的中国情怀中成长，如今"中国的影响"真的来了，他们的情怀却被迫收藏起来。在万华的那家叫热海的简陋餐厅里，我参加了好几次老时报人的周一聚会，感受到那股日渐浓烈的落没感。在这个时刻，梁启超的感慨一定特别的抚慰人心吧。

还是在台北的出租车，我初次读到这本《我叫他，爷爷》，立刻就被文字的节奏与浓重的个人情绪所吸引。比起他在报纸上那些过分端庄、铿锵的政治、社会评论，这些个人回忆无疑更富魅力，它们也完美地解释了高雄眷村的小孩缘何变成了今天的王健壮。作为大时代的个人，如何被时代所塑造，又如何改变时代？

有时在台北的暗夜分手时，我看着他的黑衣背影逐渐消失时，总不免想起这句：不恨年华去也，只恐少年心事，强半为销磨……

序 二

# 那一段我们在眷村的青春岁月

张 力

一九六〇年代，健壮和我同住左营的一个海军眷村，他家三一〇号，我家三一四号。村子眷舍十户一长栋，我们两家分属不同栋。要去他家，得在进村之后的第一个十字路口左转，经过防空洞，向前几步右转，才到那里。就读高中时，我常走这条小路到健壮家，健壮也常出现在我家门口，高坐二十八英寸的自行车上，左手扶着门柱，等我同去球场打球，或是到海军的中山堂、中正堂看电影。

健壮家所属的那一长栋眷舍，虽是我们这个小型眷村的一部分，却是毗连另一个全是从渤海湾长山八岛迁来的鲁籍移民村落。那里地势较低，大雨时不免积水。走进健壮家的前院，常会立刻听到王家除了王伯伯之外的几个大嗓门吆喝开讲；直直穿过两间房，通到较宽敞的第三间，窗外就是后院。有趣的是，他家的后院紧贴一堵清道光年间修筑的城墙。这道墙很厚实，没法为后院凿个门。那一长栋房子都是以高墙为界，墙的另一头也有一长串挨着城墙搭建的房舍。城墙之上满是杂树野草，遮住了城垛。在所谓城门洞的北门城楼上，长期住着一位老兵，我们经过城门洞，有时会瞧见老兵在城楼上淘米洗菜晾衣服。日渐倾圮的城墙和城门，给城里城外的孩子留下共同的记忆。如今这座"凤山县旧城"已被定为一级古迹，经过整修之后干净清爽，每次旧地重游，竟令我有些不能习惯。

对我而言，看到这堵墙就意味着回到家了。就读大学时，连续几班夜行列车都会在清晨时分停靠小站左营，收假回来的海军官兵下车后换搭出租车返回军舰或防地，还赶得上早点名。我则是沿着站前的胜利路步行，先经过右手边健壮毕业的初中，之后再贴着城墙往前走，同时想起另一个版本的郑成功传说——有人告诉过我郑成功就葬在城墙底下，恰好城墙有一小孔，我曾有好几年深信不疑民族英雄就在里面躺着。城门洞前一口水井位居十字路口当中，那时还有居民来此汲水，我也曾学他们甩动绳索，让铁桶沉入水中，再一手接一手拉至井口。

我不知道健壮当年就坐在后院墙头的树荫下，读着文学书籍。但我是从他那里渐渐接触到文学的。其实，陈芳明就住在左营大路上的台电收费站隔壁，而再过去几步的胜利路口一家脚踏车店的楼上，就是叶石涛的家。当时我们毫无所知。对我们而言，左高地区给了我们另外一些文学机缘。海军出版的《海讯日报》（后来改名为《忠义报》）是一张四开大的报纸，只有四个版，每逢周三、周日各有一版提供学子投稿，不论是高雄中学的青年或是中山国校的小朋友，文章刊登后一律可领五元稿费，这笔稿费正好够在中山堂或中正堂看两场电影。健壮的散文常以不同的笔名出现在报纸上，我知道其中一个，也曾向他求证另一个笔名是不是他，他笑而未答，至今仍是我的疑问。书店是接触文学作品的好去处，然而学校在近火车站的三民区，主要书店却在盐埕区，颇有一段距离，但是青春年少的我们只要一想到可以先经过五福三路的省立女中，就会精神振奋，不觉路途遥远。我们总是先到大众书局，书局门口靠墙处直立摆放几乎连号的"文星丛刊"（有几种已遭查禁）。书局为客人准备的包书纸上，印着"贫者，因书而富；富者，因书而贵"和"书中自有黄金屋，书中自有颜如玉"两句话。往前几步，又在百成书局浏览一阵子。继续右转大勇路，就看到大业书店。这家极有特色的书店在进门处的小桌子上陈列各种诗集，已经成名的几位出身左营军中的诗人作品，以及他们的《创世纪诗刊》，一定在其中。健壮在那里买到纪德的《地粮》，也对着我谈痖弦、叶珊的作品，当年的我似懂非懂。怎么也没想到后来我竟有机会和两位前辈诗人共事多年。

高雄市"救国团"每年春秋两季各举办一次青年写作比赛，获奖作品刊于《高青文粹》，这是一份不太注重宣扬"党国意识"的机关刊物。健壮是比赛的常胜军，每次他都拖着我参赛，我也只好屡败屡战。有时我读着他的作品不免纳闷，为什么他写的散文和诗，看似风花雪月却还是有其道理，而我绞尽脑汁仍像是无病呻吟？渐渐地，我的文章也在《忠义报》和《高青文粹》上出现，才开始领略到写作的乐趣和意义。这时健壮的作品，已在左高地区以外的文学刊物上攻占版面。

风起云涌的一九七〇年代，我们几位在高中因写作而熟识的朋友，因先后到台中台北求学，交往更为密切。

一九七〇年夏天健壮先行北上，国卿和我却有着不得不"留"在南部的理由。我开始单独骑着自行车上下学，不能再和健壮并驾齐驱来往于左高之间的中华路上；初时感觉有些落寞，但不久就适应了。我们借着书信往返，了解彼此的近况。有一次健壮到"中央研究院"的胡适纪念馆参观，选了一张印有"要怎么收获，先那么栽"的胡适墨宝明信片，写上几句话寄给我，令我对陌生的台北又多了一份向往。想不到三十五年后，胡适纪念馆的经营已是我主管的业务之一。

我们差距的一年当时看似漫长，如今想来只是瞬间。一九七一年八月下旬，国卿和我搭"对号快"（编按：台湾铁路管理局所辖列车车种之一，为对号入座之无空调列车，目前已取消）到北部就学，已经插班台大历史系的健壮，从他暂住的政大宿舍来台北车站迎接。出站之后，看到对面一排楼房的每家店面，张挂"庄敬自强"、"处变不惊"等字句的红布条，气氛有些奇特。那一年，美国国务卿基辛格密访大陆，台湾退出联合国，而海内外的保钓运动已经展开。某天晚上，在台大体育馆前面，健壮介绍我们认识了身穿新潮媚嬉装的华民，国卿和我顿时感觉自己果然是南部来的老土。第二年国卿插班台大，我则转考乙组进入政大，大家同住木栅，常有机会见面。住宿不成问题，所以就读东海的阿擘也就更有理由北上找我们。

身处当时的社会中，我们或许还不能真确感受到时代的转变。同为负笈在外的学子，我们同住木栅，远离了家庭和父母的约束，享有更多的自由空间。我们还算是规矩之人，和很多年轻人一样，着迷每周的西洋歌曲排行榜，关心自由杯、中正杯、亚洲杯，以及后来的威廉琼斯杯球队战绩，还有每年的三级棒球赛事。离经叛道的事，至多就是蓄留长发。由于治安机关视男子蓄发有违善良风俗，每次我们到西门町或台北车站，总是提高警觉，躲着警察，甚至"跑给警察追"，以免被逮到强迫理发。一天晚上，和我同住的国卿从外面回来，立刻叮嘱我："等一下看到阿壮不要笑，他被条子堵到，剪了头发。"不久健壮进来，我的第一印象就是终于看到他久被头发覆盖的双耳。他坐在书桌前，对着镜子左瞧右瞧，不说一句话。好一阵子才说："我回去了。"我没有笑他，也不知道该说什么。

穷学生靠着有限的生活费，必须省吃俭用过日子，为了买书，自助餐的菜就越点越少。由于家母独自住在台北，每隔一段日子，我去她那儿拎回一大袋煮好的菜肴，回到木栅和健壮等人分享，若有剩菜，再带回自用。有一次，在大家殷切期盼之中我去取菜，却因塞车回来迟了。刚进门就听得众人一阵数落，接着立即分而食之。这时我才明白所谓"嗷嗷待哺"的心情。

虽然过着穷困的日子，但是一九七〇年代萌发的台湾生命力，不断丰富我们的心灵。我们正好赶上《中外文学》的创刊、"云门舞集"和张晓风剧作的演出，也经历洪通素人画作和朱铭雕塑个展造成的风潮。杨弦在中山堂举办"现代民谣创作演唱会"的当天，我搭夜车赶回高雄，担任次日健壮和华民公证结婚的证人，以致未能现场经历现代民歌诞生的一刻。金庸的武侠小说当时是禁书，但盗版商偷天换日安上的书名和作者名，并不会混淆我们的辨识力，而能立刻判定何者才是真正金庸的作品。此时的健壮继续他的文学创作，和朋友编辑《主流》诗刊，也开始撰写一系列评论文章。

健壮入营服役前，安排我续住他在木栅的雅房，这样他就不必急着清空。留下的一些书籍杂志，后来跟着我搬过几次家，至今偶尔还能找到他签了姓名（或笔名）、购买日期的书。雅房靠近公车终点站，房门只是虚应故事地挂着一个号码锁，散居各地的朋友常来投宿。健壮在政战学校受训的几个月，休假时常回他的旧居。之后他分发到曾在"八二三炮战"期间防守金门烈屿的王牌师当连队辅导长，一九七五年五月的一个周末，他从台南的驻地来台北，说起蒋中正过世那几天，部队进入一级战备，他接到指示，要连上弟兄作交代后事的准备，似乎两岸战争一触即发。不少年轻士兵忧心忡忡，不知如何下笔，老士官却兴高采烈，喊着终于要"反攻大陆"了。这一段叙述令我印象深刻。

退伍之后的健壮又来旧居住了一段时间，历经好几次求职的碰壁。后来我们一起搬到景美山边的一栋公寓三楼，他也终于找到工作，竟然是一份综合性杂志的主编。我知道他很当一回事地规划编务，到处约稿，然而这一工作并不稳定，甚至领不到薪水。杂志停刊后，他投入《仙人掌》杂志的创刊和其后两期的编务，终于一展长才，再因余纪忠先生赏识进入《中国时报》，担任副刊主编。我也跟着健壮夫妇和来台北就读的健圣，迁往罗斯福路五段一栋公寓的二楼。公寓后面有个"国军军犬训练中心"，偶尔从阳台看到几只狼犬接受训练人员的指令，认命地排队、爬楼梯，或是绕圈子。几个月后健壮开始跑"立法院"新闻，常向我们讲述跑新闻的趣事。一九七八年夏天，健壮调到台中，夫妻俩随着搬家公司的卡车离开台北,我默默地看着车子转出巷口,顿时有种各奔前程的感觉。此后健壮在新闻圈里坚持信念努力耕耘三十多年,一起长大的朋友都清楚,彼此也保持联系。然而我们处在各自的人生冲刺阶段,共同分享的场景就减少了。

这本书里的多篇文章,还有着"父亲"各时期的身影。我称为王伯伯的"父亲",一九一六年于安徽郎溪出生,十八岁自宣城中学毕业后,投身军旅,有很长一段时间在纷乱的大时代中漂泊;我们那个眷村的长辈,包括先父在内,大多有着类似的经验。王伯伯逝于一九九六年,此刻我已来不及向他请教一九三七年他所看到的首都保卫战,战时桂林的生活情形,后来如何在日军发动的一号作战中撤退,以及他的一九四九年经历。王伯伯退休前在左营的造船厂服务,一九七二年的暑假我在厂里短期打杂,每天的工作之一是骑单车送待修舰艇的派工单到各个工场,经过王伯伯看顾的小办公室时,就会停下来打个招呼,王伯伯总是微笑跟我聊几句。

王伯伯是看着我们长大的,相信一向淡定从容的他会很高兴我为健壮的新书写了这篇序文。

自 序

# 寻父图

　　今年生日收到一件礼物，几位好友送我一小块金箔牌
匾，上书"看花犹是还历人"一行字，把陈寅恪的那句诗"看
花犹是去年人"改了两个字；但"还历"却让我触目惊心。

　　我从来不曾想到自己也会在天干地支几番变化之后，走
到了还历之年，变成花甲老翁。六十岁的彼得·潘还能当自
由自在飞翔的小飞侠吗？还能大战凶暴可怕的虎克船长吗？
想到这两个问题的答案，就令人沮丧泄气到了无言以对的程
度。彼得·潘可以打败虎克船长，可他却是时间老人的手下
败将。

几年前，我在一篇文章里写过这样几段话：

"时间可不可怕？那要看你是用什么身份去问这个问题。

"就以我自己为例吧。如果我用个人的身份，一个早已年过半百的老翁身份，我当然会告诉你，时间不但可怕，而且是太可怕了。镜子里的我，以及我从年轻时就爱的、熟悉的那些人，怎么一个个都被时间摧残得那么老？那么病？几个月前才把酒言欢的那个人，怎么会突然变成讣闻里的一个名字？"

这几段话写于六年前，回头逐句再读，"不独悲今昔亦悲"，那些我爱过熟悉过的人，六年后老得更多也病得更多，变成讣闻上名字的当然又多了好几个人。还历过后那几天，我日思夜想萦绕不去的尽是那些人那些面孔那些名字。

我做过三十多年新闻记者，看尽不知多少沧桑沉浮悲欢，理应不是也不该是个滥情之人，但对我爱过熟悉过的那些人事时地物，我却常常连故作太上忘情状都矫容。那年我在副刊写了一年专栏，写我父亲，写眷村我的"永无岛"，写童年记忆，写文学少年梦，字字句句都沉重如铅，每篇文章都幽暗阴郁逼人，写得我自己常常喘不过气，读我文章的人想必更不好受；把自己的悲愁像病菌一样散播传染，真是罪不可赦。

但那并不是我的本意。我的本意只想写几篇关于我父亲的故事，想念他也纪念他，替他平凡平淡的一生留下一些我能记得的文字记录，留与世人看。但我手中那支铅笔却常常不听我大脑的指挥，每当我落笔稿纸那一刹那，它就带着我一行一句一回首，回首重履往昔时空的每个角落，而且此处停格，彼处放大，也都完全由它决定，多少前尘旧梦就像重播的黑白默片一样，一幕幕掠过来又一幕幕飘过去，让我简直难逃于天地之间。

就因为这样一路笔走人随，我原想写几篇我记得的我父亲的故事，结果却愈写愈发觉我不记得的其实比记得的更多，写到后来竟然像在描绘更像在拼贴一幅寻父图。人子寻父，这是多大的讽刺，多深的愧疚，我也是在那个过程中才悚然警觉：这么多年来不是他从我身边走失，走失的那个人其实是我，我现在唯一能做的只是在文字的牵引下，一步一步一寸一寸地尝试再走回他的身边。

但曾经走失就再也走不回去。我虽然从他出生的江边小镇开始，一路寻迹求索，想象他从地主之子到仓皇渡海来台的那三十六年，回忆他跟我父子共处的那四十四年，但想象是模糊的，记忆是断裂的，那幅寻父图即使拼到最后，仍然缺这差那不成其形。

就像我曾经写过的那句话："我是从他当爷爷这个角色，才些许看到他宛如父亲的一面。"他有六个子女，三女三男，一家八口人每天挤在狭窄的眷村房舍里，但因他少言寡笑，六个子女都与他不亲，也难怪我母亲在好多年后看到他跟他孙子温馨相处的画面时，会忍不住抱怨说："这个老头子真是偏心，从来不疼自己的小孩，却偏爱这个孙子。"

德儿出生那年，我奉命调跑台湾省议会新闻，每天人在雾峰，妻子也在学校教书，照顾德儿的诸般琐事，便由爷爷一手包办；社区里的人常常看到一个老人推着婴儿车在黄昏时散步的画面。德儿上幼稚园后，我已调回台北租居永和，左邻右舍也常常看到一个老人牵着穿制服的孙子的手，嬉笑低语走在小巷弯弄间。"带孙子上学啊！""放学了啊！"就是他与路上几个熟识店家老板每天碰面的例行问候语。德儿至今不爱吃鱼，怕刺，因为爷爷常年喂他吃鱼时早把鱼刺处理掉了；他至今爱吃苹果，也是因为爷爷当年每天都帮他削切苹果；他爱随手关灯，那也是爷爷的习惯。我在我儿子身上偶尔不经意看到我父亲的身影时，常常会心中一惊：那不是隔代遗传；他是爷爷，却宛如父亲，是我在眷村十八年跟他朝夕相处却不曾认识并感受到的那个父亲；我跟我父亲是透过德儿这个媒介，才稍稍弥补了我们彼此之间曾经欠缺的那段父子情。

他跟我在台北同住的那十八年，每一刻其实我都清楚知道，当我喊他"爷爷"时，比我叫他"老爸"时，我跟他之间的距离要更近也更亲。当然，在他离开我十二年后，我终于鼓足勇气提笔写他故事的那整整一年，我才从一小块一小块的记忆拼图中，逐渐地拼贴出他的图像；五十篇故事其实叙述刻画的是一幅寻父图，穿梭时空，寻寻觅觅，但结果那幅图像仍然残缺未完成，只能算是一本人子忏悔录吧！

这本书献给我的母亲，到现在她还是一个人比花娇的老太太；也感谢我儿子，他在键盘上一字一句一篇敲打他爷爷的故事时，一定比我更怀念那个呵护他牵着他手走过不知多少巷弄的老人，那个我们都叫他"爷爷"的老人。

二〇一一年十一月十五日写于父后十五年

# 目 录

## 辑一 以父之名

辑三　记忆捕手

辑一

以父之名

村上春树是怎么描写生与死之间关系的？

"我一直把死这件事当做与生完全分离而独立存在的东西来掌握……生在这边，死在另一边。我在这一边，不在那一边。"

"然而以 Kizuki 死的那一夜为界限，我已经再也不能那样单纯地掌握死（还有生）了。死并不是生的对极存在。死是本来就已经包含在我这个存在之中了……"

"在生的正中央，一切的一切都绕着死为中心旋转着。"

"死了以后还比较有存在感。"

我是在追忆、书写并且拼凑我父亲的存在图像时，才读到村上写的这几段文字，也才猛然警觉：死亡，原来竟是探索存在的入口！

说不出是什么原由，刻意地，我不打开那扇门。直到多年以后，我才费尽力气，一寸又一寸，折损心神推开门，走进去，寻找那个理应清晰却又如此模糊的身影。

站在寂静无声的空间里，依稀只听到微弱的声音，我甚至不知道，他到底是喃喃自语，还是在对我说些什么？他还有什么话没告诉我的吗？我完全听不真切，更想不起来，在我有限记忆中，他有限的言语，到底有多少是对我说的？有多少，是他肯对人说的？

他用惯性的沉默，构筑了这个巨大的空间，空旷且寂寞，他把自己关了进去，轻易不让人踏入。人，一辈子能走多少路？我不知道答案；但是，他让我知道，人大半辈子，真可以不说几句话。

我半生宛若失语的父亲，在的时候仿佛并不存在，而他就像家中的空气，或站或坐，多是无言，也像家中任何一件摆设，走过去，可以不碰到他。

当我企图追索他走过的路，才发觉描绘父亲的图像竟如此艰难。离乱岁月的人生，当然是断裂的，但是，为什么断裂得如此彻底决绝？

断裂的图像之一是：当年富裕帅气的地主之子，究竟受到了什么影响会热血从军？是一本书、一篇文章，还是哪个老师的身教、言教？

看书并非他的嗜好，印象中我没见他悠闲安静地捧读过一本书，但我尚在眷村苦读教科书的那几年，他常常在我桌上留下字条："夫天下之事，其不如人意者，固十常八九，总在能坚忍耐烦，劳怨不避，乃能期于有成。"

这句孙中山的格言，到底他是写给我看的，还是自道自勉？人生不如意，岂止没有八，甚至九点九，但是，多少人就靠着这剩下的零点一维持生之喜悦，而回味无穷。但他的无言，却让我不免伤感：难道他连这零点一都没有吗？

我用尽办法，想寻找出他的零点一。但是，方正不苟言笑的父亲，不烟、不酒、不赌、不舞到简直可以用"乏味"来形容。在一张相片里的他，着军服，不见轩昂但见斯文；眼神坚定却仿佛想着什么他必须要做的事；而紧抿的双唇，坚定地封锁了他搁在心底的所有想法和言语。

断裂的图像之二是：自愿报考军校主动投身行伍的他，在抗战结束后复员回老家，本来只想安安心心当个教员，没想到内战再起，又重回部队，他有没有一刻后悔过，好好的地主不当要去从军？在一个冻到让人手脚发麻的雪夜，他从部队沿着铁路一路逃回家来，因为他才出生不久的长子肺炎早夭，一个大男人看着自己已经没有气息的儿子，嚎啕大哭。他不肯再回部队了，捶胸顿足之际，他有没有怪过自己年轻的妻子没好好照顾他们的儿子？还是怪自己一脑袋保国卫民，却保护不了自己脆弱的孩子？

从安徽到台湾，他与前世告别，荣华富贵俱成云烟。退休后，连微薄退休俸投资的油行都被人坑到一文不剩，他再无能力让家人过着富裕无虞的生活。穷，是他来台迄离世，没有一天不面对的。从此，他成为安静的老人。

这又是让我难解的另一个断裂图像：他的沉默是因为来自贫穷、挫折，愧于未做好为人夫为人父的角色，还是另有其他抑郁其心的隐衷？也许，他那仅存的零点一或者零点零一，是在他孙子呱呱诞生以后才出现的吧。我与他的父子情靠着我的儿子总算牵上了线，我也是从他当爷爷这个角色，才些许看到他宛如父亲的那一面。从此以后，我就改口叫他爷爷，叫到他走的那一天。

自他走后，我不肯动一丁点他留在家中的物事。他在的时候，仿佛不在；他不在的时候，所有的东西都还在。直到多年之后，我才打开他留下来的那个手提包，他的一生全部浓缩在这个手提包里，片言只字加上大大小小的证书，仿佛是他留给我的线索、拼图，要我一张一张、一片一片拼出他的图像，解开他的谜团。

在书写我父亲的过程中，我站在他构筑的沉默空间里，一件一件去想，一件一件去找，没有一次不是难以自已。最终才发现：我以为费尽力气推开了门，其实，我一直还在这个空间里，从来没有离开过，我的父亲也始终在我身边。但遗憾的是，他的一生，仍有太多我拼凑不成的断裂图像。

# 证

# 书

十二年了吧？我没再碰过那个手提包，咖啡色，塑胶皮材质，三十乘二十公分大小，跟蒋廷黻、顾维钧、钱穆、徐复观、殷海光十几本泛黄旧书，一起摆在好多年不曾打开过的那层书柜里。

他离开后这十几年，我总是刻意躲他，脑子里只要突然跳出他的样子，我就慌急转念，上网，翻书，泡杯茶，看看窗外对楼阳台上有人在做什么……就是不敢让他多停留一秒钟。

那天为了写文章找书，顾维钧的回忆录，才打开书柜拉门，就看见手提包躺在那里，只愣了刹那，我拿了书也拿了手提包，回到书桌前，翻书查资料，写完剩下一半的文章后，坐到地板上打开他离开后留下来的那个提包。

提包外层里有三颗印章，简陋木质的、刻着他名字正楷的、快泛黑的印章；两本小而薄的通讯录，里面写了他六个子女的电话地址、出生年月日时辰生肖，以及不知道他为什么会写在通讯录里的一句话，"以国家兴亡为己任，置个人生死于度外"，而且还在不同处写了两遍。

里层则尽是证书，纸质泛黄的、折缝处有裂痕的、各式各样的证书。年代最早的是他陆官十六期的毕业证书，上方居中有孙中山的黑白照片，党旗与国旗分印照片左右。证书落款的是校长蒋中正，以及校务委员吴敬恒、戴传贤、冯玉祥、阎锡山、李宗仁、白崇禧、陈诚等十五位。

时间次早的是"军事委员会战时工作干部训练团训练及格证书"，上方印有总理遗嘱全文，"入团受训二七年六月，训练完毕二九年一月"，"受训部门第三期独立军事大队第五中队"，落款的是团长蒋中正。

他的第一张退伍证，时间是一九四七年十月，"陆军步兵上尉王〇〇应退为备役此证"，落款的是国民政府主席蒋

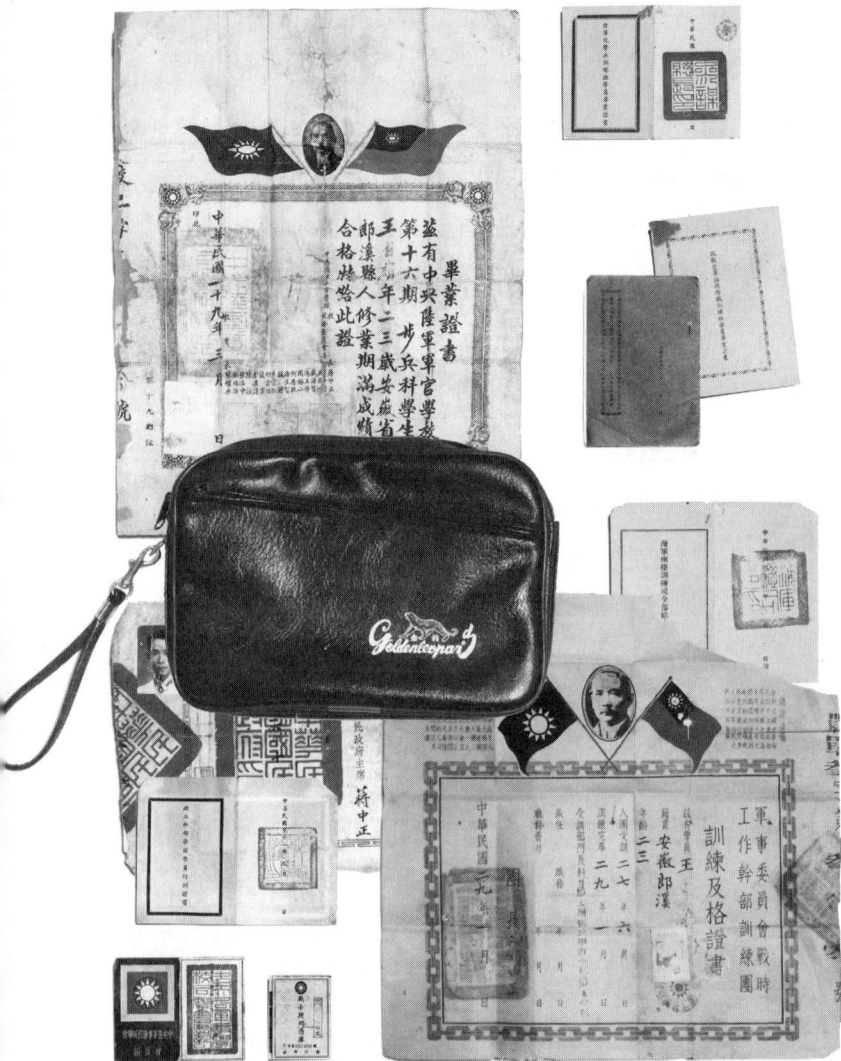

这就是他，我父亲的一生，证书标记的一生。五十多年的岁月，数万里的流离，都锁在一个三十乘二十公分大小的手提包里面；我十二年来一直怯懦不曾打开的那个手提包。

中正。证书左上方贴了一张他穿军服的大头照，整齐的西装头，浓眉，炯炯有神的双眼，帅气潇洒极了；左下方盖了一个长条章"日用品购买证发讫"，想必是对战后复员回乡者的优惠证吧。

还有一张一九五六年六月的"战士授田凭据"，凭据最后一页印着满满的字："反共抗俄战士授田，为政府既定国策，经立法院制定条例，行政院提前颁发授田凭据，程序隆重，意义重大"，"现在大陆尚未收复，故乡父老犹在水火之中，此项救国救民国策之贯彻，有待三军将士协力完成之"。

另外还有四张巴掌尺寸的证书。一九五七年"陆军化学兵训练班学员毕业证书"，落款的是参谋总长彭孟缉、陆军总司令黄杰；一九五八年的"海军两栖训练司令部结业证书"，落款的是海军总司令梁序昭；同年另有"战术空军协同作战训练班学员毕业证书"，落款的是空军总司令陈嘉尚；一九六二年的"政工干部学校结训证书"，落款的是校长周中峰。

还有一张一九六五年他第二次退伍后写的一份"高雄市自谋生活官兵联络中心调查表"，这是一份求职申请表，正反两面要填写的空格很多，但他写的每一个字都工工整整，应该是想要博取审查申请表的人的好感吧。

这就是他，我父亲的一生，证书标记的一生。从他二十多岁开始，这张那张的证书逐年累积，每一张他都仔细折叠保存，跟着他从军、结婚、生子、打仗、逃难、退休、老病、死亡；五十多年的岁月，数万里的流离，都锁在一个三十乘二十公分大小的手提包里面，我十二年来一直怯懦不曾打开的那个手提包。

# 离家

他出生成长的小镇，江河交汇。王家是镇上的地主，每年收成后，"袁大头多到一篓子一篓子地搬，重到连篓子都垮掉"；他并不擅长讲故事，但每次讲到这里，却总会夸张地加个不像信史的脚注："多到连土匪来抢都抢不完。"

他在自传中这样写过："家祖耕读为业，忠厚传家，祖遗良田数顷，房屋数厢。"但才读完中学，"自古诗人地"宣城的中学，他就决定弃田舍屋，跟一位同村同学相约离家，到外面的世界去闯荡。这么重大的人生转折，应该有不少挣扎才对吧？但他却形容得那么简单："两个人只走过一道铁桥，就到了江苏"，"就这样离开了家，跑去考军校"。

本来应该荷锄一生的地主之子，却成了荷枪军人。跨过铁桥后，他一步一步远离了那个跟伍子胥伐楚、黄巢起义、岳飞大破金兀术、太平军起义等历史上多少战争写在一起的县城；再一步一步穿省越县跋山涉水，去书写属于他自己和他那个时代的战争历史。

再回小镇已是十年之后。老家虽然劫后犹存，却被战争的炮火毁容拆骨，早已不是他离家时的模样。由于良田已芜，耕读为业已不可能，他靠祖荫找了份工作，在镇上的小学教书。前后两年，每天面对着比他第一个女儿大不了几岁的孩子，他以为日子大概就这样过下去了吧。平平淡淡，却平平安安，再也听不到枪炮声呼啸而过，再也不必在黑夜中亡命行军。直到新四军进城前夕，他都这样认为。

小镇在八年战争期间，除了日军多次进出焚烧轰炸掳掠外，还有三个都声称有统治管辖权的"县政府"：国民党、汪伪政府、新四军各有一府；虽然大敌在侧，但"三府"仍有余暇自己人打来杀去。小镇里不仅有新四军设立的兵站，王氏宗祠还曾是新四军后方医院的驻所。

他战后回镇上时，汪伪县府已瓦解，新四军也已撤出，

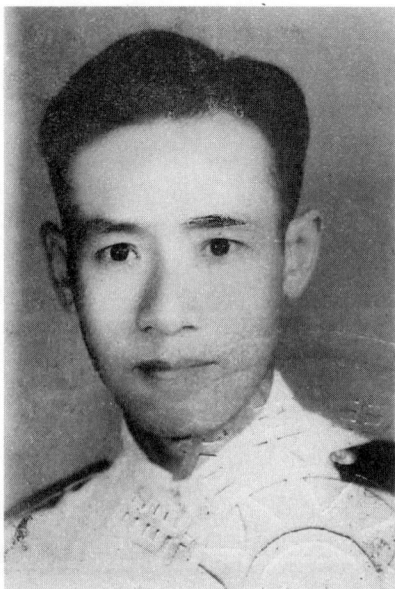

十二年前离家，他满怀憧憬，但这次却让他痛不欲生。"我带着你妈他们才上了小火轮，离开岸边还没多远，就听到枪声，新四军追来了！你知道带头的是谁？是我弟弟啊！"

当家的是国民党。但有天在学校，他听人谈论："新四军要回来了！""回来"，对他来说就是共产党要打来了，他是黄埔的人，国民党的人，又是返乡的退伍上尉军官，八路军来了，即使在他老家，哪儿还有他容身之处？"当天我就决定逃走！"

十二年前离家，他满怀憧憬，但这次却让他痛不欲生。"我带着你妈他们才上了小火轮，离开岸边还没多远，就听到枪声，新四军追来了！你知道带头的是谁？是我弟弟啊！""还好他们晚了一步，否则哪还有命在！"

他讲过许多次这段人伦悲剧，每次我都静听不发一语，能说什么呢？想到他形容的那样的画面，任何人都会语塞吧。

小火轮就这样把他带离了老家，永远地。四十多年后，两岸开放探亲初始，我问过他："想不想回去看看？"他的回答总是冷冷一句："回去干嘛？有什么好看的？"隐隐约约让人感觉，好像还残存着一点点的痛，一点点的恨，但究竟是针对强占他家乡的那个党，还是带头追到岸边的他的亲人？我没问过他，不忍问。

一直到他离开，他真的从不曾开口谈过返乡的事。决绝如此，好像他早忘了孕他育他的那个江河交汇的小镇。但在他留下来的通讯簿里，有一页他写了一长串的文字，那是一个地址，他老家的地址，省、县、镇、村、桥写得详详细细的地址。

# 照片

一张黑白上彩的老照片，四个影中人，新娘新郎居中，伴郎伴娘站两边。

"在桂林一间小照相馆拍的，脸涂得红红的，像猴子屁股一样！"照片中的母亲才十七岁，粉红色的旗袍外面，披着从头拖到地的白色婚纱，手上抱着一长串树叶比花还多的"捧花"；伴娘在她右手边，短袖及踝的湖绿色旗袍下，蹬着一双平底黑色大头鞋。

比新娘大十岁的新郎，梳着油亮的左分短发，瘦高挺拔，跟伴郎穿着一式的宽领象牙色西装，白衬衫斜纹领带，《大亨小传》电影里的人物模样,但母亲说:"你爸穿军服更好看,脚蹬马靴,骑在枣红色的马上,神气极了!"

两个人因战争随军离乡到贵州而相识,照相前几天,她才在家人的陪伴下从贵州赶来桂林。一个是高中尚未毕业的少女,一个是跟军队转战到大后方的年轻排长,这一天携手走进照相馆,拍完了结婚照,也在证书上盖了章,接下来本来准备到预订好的饭馆请人喝喜酒,"但人还没到饭馆,就拉警报了,酒也没吃,就跑到山洞里躲警报"。新娘穿礼服在山洞里躲空袭,"遗憾吗?""那能怎么样?打仗嘛,哪个人不是这样。"

婚后,他们住在部队宿舍里,营房在山脚下,旁边是美军顾问团,里面有个机场,"是飞虎队吗?""我哪知道是什么队,只知道那些美国人煮牛肉只喝汤不吃肉,肉都是我们拿来吃的。"

只喝牛肉汤的美军是不是飞虎队呢?历史这样记载:一九四二年六月,陈纳德将军率飞虎队到桂林秧塘机场基地驻扎,指挥所设于鸡公山山腰的山洞里。

跟飞虎队为邻半年后,父亲的部队奉令撤出桂林,一支混杂着正规军人与妇孺眷属的队伍,拔营转进迤逦而行,一路走走停停，布鞋走破了，改穿草鞋，草鞋穿烂了，用布绑在脚上再走，走了一个月，终于走到了贵州。

她对那场战争的记忆，恐怖的记忆，死亡的记忆，几乎全跟那段路程有关。"在桂林，飞机来了，还有高射炮打他们，躲在山洞里也不害怕，偶尔还敢探头看看热闹。""但在路上逃难，哪有高射炮和山洞，日本人飞机又飞得低低的，机关枪看到人就乱扫乱射，连跟着部队走的孤儿院孩子都不放过。"

每一天都有人死在她旁边，"你不知道死了多少人，各种奇形怪状的死法，没头没手没脚的，肠子爆出来的，什么样的我都看过。""有次躲在路边瓜棚里，日本人飞机走了后，有个大肚子太太还靠在那里，我过去拍拍她：'太太，要走了。'她动都不动，早就死了。"

也是在这段路上，新婚夫妇失散了十几天，同榻而眠才半年的人是死是生，断无消息。"担心吗？""哪会不担心，但那个时候各人逃各人的命，如果真有个什么，那也是命！"十几天后两个人意外重逢，跟战火下所有失散又重逢的亲人一样，相拥而泣，隔天结伴再走逃难路。

那张结婚照，也跟着她从桂林一路逃难。逃完了日本人，

母亲把照片交给我时，指着影中新郎说："老头子那时候虽然瘦，但看起来真神气哦。"她用的是问号，还是惊叹号，我没问；但真的是神气！

又逃共产党，逃了那么多年那么多地方，藏在小铁盒子里的照片，却始终不曾跟她失散。

几年前她把照片拿去裱褙，颜色已然晕散的老照片，在透明塑胶片的反光下又活了过来。今年春节，她把照片交给我时，指着影中新郎说："老头子那时候虽然瘦，但看起来真神气哦。"她用的是问号，还是惊叹号，我没问；但真的是神气！

# 那把宝剑

我小时候看过我父亲有把"宝剑"，长约四十公分，很沉很重，剑鞘是暗沉的铜绿色，上面刻了一行字"校长蒋中正赠"。

那把短剑一直藏在一只大皮箱里，我父亲很少示人。有天我问我母亲："老爸那把剑还在家里吗？"她答得很绝："家里那么多东西，谁知道藏在哪里？说不定早就被人拿去卖了！"

问她："剑是军校毕业时送的，还是战干团毕业时送的？"这点她倒记得清楚："战干团毕业送的，每个人都有一把。"战干团是直属老蒋的军政训练机构，地位之重要，可从陈诚说的"北伐靠黄埔，抗战靠战干团"，略知一二。我父亲的履历中有一项是"军委会战一团通信连少尉通信员"。

我岳父多年前有次跟我父亲互聊往事后，曾经很感叹地对我说："亲家公的出身好得不得了，后来的发展，确实是不太得志。"他说的"出身"，其中一项就是战干团，另外还包括教导总队与监护总队。

教导总队也是老蒋的嫡系部队，德式训练，德式配备。我父亲加入总队已是抗战爆发后四个月，他的履历中有一项是"教导总队工兵团通信连准尉通信员"，总队长是桂永清。

桂永清带领教导总队打的第一仗，在西安事变后第七天，部队由南京开拔到陕西渭南，目的是打张学良、杨虎城，援救被软禁的老蒋；这一仗我父亲未及参加，隔年的南京保卫战，才是他的第一仗。

他在自传中有几段话形容那场战役："回忆在南京之役，血战数昼夜，遭敌四面包围，追奔逐北，后横渡长江求生，幸天不绝人，遇一渡船，漂到八卦洲，遭受人之所不能忍受之痛苦，忍饥受寒，尚留余命，如今思之，实不幸中之大幸。"

我父亲履历中另有一项是"军政部监护二总队上尉中队长"。与我母亲在桂林空袭警报声中结婚，以及在桂林保卫战撤退时两人失散，都是他在监护总队时发生的故事。

八卦洲是长江下游的一个岛屿，位于南京长江大桥下游四公里处。我小时候听我父亲讲过许多次这段故事，他跟几位受伤袍泽在黑夜中系绳沿墙落江，在冰冷江水中抱着浮木死里逃生的故事。

我父亲履历中另有一项是"军政部监护二总队上尉中队长"，当时的军政部长是何应钦。监护总队虽非第一线部队，仅负责后勤保护，但就像《雪白血红》中的形容，"战争就是绞肉机"，战场上不管哪一线部队都可能被卷进绞肉机里；我父亲与我母亲在桂林空袭警报声中结婚，以及在桂林保卫战撤退时两人失散，都是他在监护总队时发生的故事。

他在自传中虽然只有简单一段话描述他当时的工作，"三十三年在军政部监护总队五十六中队任中队长职，在贵州山地担任仓库保护之责"，但我也曾听他多次讲过在贵州独山打仗的故事，"鬼子的飞机被打下来后，飞行员被炸断的手臂，就掉在我们面前！"

在监护总队之后，我父亲调到铁道兵团之前，他的履历中还有一项"军事委员会上尉附员"，这项职务他好像只做了短短几个月，职司何事我并不知，但望文生义应该是进了"帅营"当个随从小参谋。

"三十五年冬季，服务于铁道第一团任中队长，在津浦线上，当时本团系负责保卫徐州外围铁道交通，我军装备尚称完善，有铁道装甲车等等，曾数度遭遇'共匪'战斗，冲锋陷阵不计次数，敌人死伤累累"，这是我父亲在自传中对他在铁道兵团打共军的记述，但也是从那几场战役后，他知道大势已去，"战场之惨历历斑斑，令人不堪回首"，就是他对那场内战的感慨。

　　从上海撤退到台湾前，我父亲不知何故又调回他的老长官桂永清的部队中，桂永清那时已是海军总司令；但桂永清个人后来的沉浮，却影响了无数跟随他的人的沉浮，我父亲虽是芝麻小官，却也卷进了绞肉机中；但那是政治的绞肉机，权力斗争的绞肉机，在那样的绞肉机中，战干团的那把"宝剑"，早就被绞成了一堆废铜烂铁。

# 黄豆芽

看过六十多年前卖房子的契约是怎么写的吗？

"〇〇〇今因正用，愿将祖遗市房一所共〇进〇间，上连天空橡瓦，下连砖石地井，以及后面余地四面出路阴沟天井树木一切在内，共计官地〇亩〇分，坐落〇县〇乡，央中说合卖与〇君为业，时值公估议定价银〇〇元正，当日收讫无误。自卖之后，任凭买主收册过户，完粮营业，拆卸改造阴阳两用，永与出卖人无涉。此屋是出卖人自己名下之产，日后如有房族人等争执混闹，当由出卖人承当，不涉买主之事。此系两愿，各无翻悔，恐后无凭，立此出卖市房杜绝契存执为凭据。"

这份契约内容写在我父亲一甲子前的一本随身小册子上，册中另有"卖田契"与"出典田契"文字，内容与卖房契雷同，都是银元计价，也都有"祖遗"、"央中说合"与"杜绝文契"等字眼，但不像卖房契竟然细到连"天空椽瓦"、"砖石地井"、"四面出路"、"阴沟树木"，也要一清二楚详列其中。

我父亲老家是镇上地主，田多屋多店也多；按照我母亲说法，"有田的地方就有房子，店面好几间，米店、布店、五金店，都开在镇里的大街上"。但我父亲从没种过田也没开过店，抗战后他虽曾一度继承家业，但也只负责收租，每年早稻、晚稻各一次，到"典主"家中收取租金。

小册子上虽然抄写了卖田与卖房契约，但我父亲始终不曾卖过祖遗的一分地或一间房，那些一笔一划抄写的契约文字，显然是备而不用，"你爸那个人是老古板、死脑筋，他哪舍得卖家产！"

我母亲最常讲的一个故事是：他们抗战回乡后，时局仍动荡不安，她曾劝我父亲把比较偏远的几块地卖掉，身上多放点钱多一份安心，"但你爸却把眼睛一瞪：'哪有人当败家子把祖产卖出去的？'"八路军快要打进镇上前，我父亲虽然早已密谋离家逃亡，"但他口风紧得很，事前连我也没告诉"，让她更生气的是，"既然已经决定要走，但走之前他还是连一块地都不卖，要不是我早藏了几十块大洋在身上，我们怎么逃得到上海？"

逃到上海后，地主之子又穿上了军装，他在老家的那些庞大祖产也从此变成了他行囊中的一堆废纸；六十年人事全非，如今更不知落入何人之手，有次我母亲跟我开玩笑："你去跟共产党问问看，看他们愿不愿意把那些家产还给你们王家？"我也开玩笑回他："哪天等我碰到，一定问他们。"

关于我父亲的老古板，我母亲另有一个故事：到台湾后前几年，我父亲被派到海军供应总处（其后改制为司令部）任职，负责仓库管理，当时大批美援物资来台，从军用品到民生物资应有尽有，项目多到可以让管理仓库的人任意上下其手，只要少填几个数字，美援物资即可据为私有或盗卖。

有些人即因战乱而起盗心，也怂恿我父亲有样学样，但他不为所动。"还好你爸不爱钱，虽然不愿同流合污而被别人排挤，但他说我们宁可讨饭，也不能拿那种钱，否则早就跟那些人一样被抓去坐牢了！"

我父亲在他任职供应总处时写过一篇自传，其中有段话："余素尚诚实俭朴，自认未曾沾染恶习，每每看到虚糜

立絕賣田契人△△△為因正用央中△△△緊今攜自己田
廈丈畝△畢△卹田△畝△分△厘正懇中情願抉契
典△△△為業三面議定時價抉絕田價洋△△元正
當日洋契兩交自身之後任從買主過戶投稅辦賦管
業其出支無涉此保目廈贖並無爭阻別為影戚在
外更無等情倘有事端均向出字後真不涉買主之
事咨後無憑立抉絕賣田契文契存炤。

即周　四單△眠已契△眠。

小册子上虽然抄写了卖田与卖房契约，但我父亲始终不曾卖过祖遗的一分地
或一间房，那些一本一划抄写的契约文字，显然是备而不用。

浮华之现象与贪污渎职之情形，无形中生憎恨，殊觉可耻。"这段话看似八股文章，但他却信之行之不疑，也是那个年代军中贪渎泛滥的佐证。

我父亲就靠着他那一份薪水，养活了一家八口。当然，就像当时眷村其他多数家庭一样，我们家的生活也靠母亲在借钱／标会／还钱的恶性循环中周转苦撑。我们兄弟姐妹那时不当家，当然不知也不记其苦，但我母亲却难以忘怀："你忘了我们家以前最常吃的菜是什么？萝卜白菜黄豆芽，变来变去就这几样，害得我到现在看到黄豆芽还怕！"

难怪我到现在也都不爱吃黄豆芽，原来是有历史的。

# 油

# 行

　　我幼时读的第一首唐诗，不是李白的"床前明月光，疑是地上霜"，而是"银烛秋光冷画屏，轻罗小扇扑流萤，天阶夜色凉如水，坐看牵牛织女星"。

　　诗不是在课堂上国文老师教的，而是跟随父亲的一位驾驶兵，摇头晃脑一句一句教我跟着念的，多年后才知是杜牧写的《秋夕》。我读的，应该说听的，第一本武侠小说《天山猿女孟丽丝》，也是他一节一段说给我听的。

　　那时候的眷村好像都是如此：每位军官的家里，总有二三位低阶的部属常常进进出出，他们有时候替长官跑跑腿，更多时候却总是在做一些劳力粗活，今天才油漆完门窗，隔天就蹲在地上拌水泥和沙盖蓄水池，或者在小花园里翻土种花除草；眷村房舍前前后后才那么丁点儿大，但好像永远有做不完的工作在等着他们。

他们阶级虽低，也没读过大学，但每次做完粗活休息时，手上却总是一杯茶加上一本书，不是唐诗宋词、《古文观止》，就是几本破破烂烂不知道从哪里弄来的武侠小说。我常常在他们身边晃来晃去，因此也常常被他们叫去当听众，听了许多至今记忆犹新的诗词故事。

他们不只是跟随父亲多年的部属，也是他的老乡，每个人开口几乎都是一样的乡音。休假日家里人多时，就像开同乡会一样，此起彼落尽是家乡土话，误闯进来的人保证一句话也听不懂。

父亲对这些老乡部属，就像他对任何人一样，从来不苟言笑，跟他的人也总是人前人后恭敬地称他"先生"，但他对他们的信任，因为打仗逃难的关系吧，有时候比对自己家人还多一点。直到那间小油行关门前，都是如此。

从军中退役时，父亲已年过半百，领了一笔四万多的退役金，"存入台银，月入息不过五百余元，一家八口生活无法维持", 所以他写信给退辅会, "拟请辅导安置工作, 以维生计"。退辅会后来在路竹一所中学, 安插他当临时雇员, 名义上负责文书行政, 其实只是刻刻钢板抄写文件, 位低钱少离家远, 他当然抑郁难欢。

此时, 一位也才退役尚未有工作的老乡部属, 怂恿他到旗山开油行赚钱; 父亲一生没做过生意, 更不知油行为何物, 但老乡拍胸脯保证, 他没考虑两天, 就到银行把钱全数领出。

旗山当时到处都是蕉园, "拖拉库"（编按：truck, 卡车）从早到晚不绝于途, 油行生意果然蒸蒸日上。父亲去"视察"了几次后, 便放手把油行交给他的老乡部属, 从此不问经营, 只负责每个月收钱。

但一年多后某个月, 等了好几天都没等到老乡送钱来, 父亲原以为大概是病了吧, 大老远骑脚踏车赶去旗山, 却只见店门深锁, 小屋内的油品早已售罄, 只剩下一些器材零乱散落一地, 至于那位他多年信之不疑的老乡部属, 更不知人踪何处。当了一辈子军人才换来的那笔养家活口的退休金, 就这样被他信任的人卷逃一空。

油行倒闭后, 父亲变得完全不同于以往, 他不再让任何部属上门，偶有客来，他也只是打个招呼，就走到后面卧室独处，十几年都是这样：家里有他的人在，却绝少听到他的声音。

他领了好多年临时雇员的薪水，全数作为家用犹嫌不足，因此银行里再也没开过户头，口袋里永远只有数目不多的零用钱；钱这个字，从此跟他绝了缘，断了关系。但一直到他离开，我都不曾再听他提过油行的事，好像他生命中从来没有这样的记忆。

# 雨
# 衣

　　儿子小时候是典型的都市土包子，第一次看到蜻蜓，惊讶地瞪着眼睛说："哇，好大一只苍蝇！"第一次坐火车，看到窗外稻田边的水牛，也困惑地指着那个庞然大物问："那是什么东西啊？"当然，他也从不曾淋过雨，不知淋雨的滋味。

　　有天在家里听到外面哗啦啦下大雨，想都没想就拉着正在客厅玩的儿子，"走，带你下去淋雨"。父子两个冲下楼，冲进外面巷子哗啦啦的大雨里，淋得稀里哗啦不亦乐乎，浑身湿透透再冲上楼，被他爷爷看见，劈头臭骂一顿："淋成这个样子，不怕小孩子生病啊！"我一边被骂，一边哈哈大笑……多少年前，同样的人，同样的话，我不记得听过了多少遍。

读小学时住在眷村里，每次碰到台风，那种狂风暴雨呼啸而来事后一定会酿成灾情的台风过境时，一定是全家总动员，有人紧靠着大门顶着，有人紧靠着窗子顶着，有人拿着大桶小桶到处接屋顶漏下来的雨水，一整个晚上就像打仗似的，忙着到处补强工事抵挡敌人的进攻，只差没派人跑上屋顶，躺下去镇压屋瓦和压在大石头底下的黑色大油布。

风风雨雨过后的景象每次都是一样：每家屋子里到处都是泥泞不堪的黄泥巴（那时候还没水泥地），光着脚走进走去，一不小心就会摔个四脚朝天；村子里的大树小树大门小窗，断的断碎的碎，全村总动员好几天后才慢慢恢复旧观；下一个台风来临时，全家全村的人照着剧本从头到尾再演一次。

我之所以一向喜欢淋雨吹风，尤其是淋大雨吹大风，也许就是这样不知不觉形成的，有点像是另一种形式的"斯德哥尔摩症候群"，即使受过多少次风风雨雨吹袭摧残，我却爱之迎之无怨无恨。

现在的人流行说："要找我，我不在家，就在咖啡馆。"

年轻时如果也流行这样讲话，我一定会跟人说，下雨天"要找我，我不在家，就在篮球场"。眷村外面中正堂旁边的球场，高中校园里的球场，大学宿舍前的球场，只要下雨天，都可以看见有个人孤伶伶在运球、投球，雨愈大他愈疯，雨停了，他也疯完了走人回家。当然，"淋成这个样子，不怕生病啊"这样的话，也不记得听了多少遍。

读高中时，学校离家骑脚踏车有三十分钟的路程。父亲那时已不再工作，只要碰到下雨天，到了下午雨还没停的迹象，他一定会穿上雨衣，骑着他那台笨重漆黑的飞利浦脚踏车，从家里沿着中华路一路骑到我学校，到我教室那栋红砖楼边的大树下静静等着。

几乎就像是一个不知已演练过多少遍的仪式：只要下雨天，下午某堂课下课铃响后，我下楼走到大树下，从他手上接过一个折叠成四四方方用油布包着的小包裹，然后再看着他骑上脚踏车，缓缓骑出校园大门。

油布里包的是一件雨衣，军绿色厚厚橡胶皮材质的雨衣，穿上去形状有点像斗篷那样的雨衣，上面还铺洒了一层刺鼻的白色防虫药粉的雨衣；父亲到学校来穿的就是这款雨衣。

但我从来不曾穿过一次那样的雨衣。下雨天放学回家，总是一路迎着雨踩车飙速，到家时每次都淋得浑身湿透透，靠好脚踏车，然后把那个折叠成四四方方的包裹，原封不动地交还给父亲，转身回房，听他在脑后生气地念着："淋成这个样子，不怕生病啊！"但明天又下雨，他一样在大树下静静等着我。

# 坡地上

跟朋友一起去参观高雄世运主场馆，十几公顷的土地上除了一个警卫现身外，不见任何其他人影，伊东丰雄的作品曝晒在烈阳下，空荡荡的像个巨大的虚拟模型。

朋友中只有我是"老左营"，但站在馆外坡地上眺望风景时，他们要我指认哪个眷村在哪个方向，我却完全分不清东南西北，面对新左营，离家快四十年的"老左营"却成了陌生人；有人于是拿出 iPhone，靠着古钩 (Google) 地图，一一找到了位置，大伙儿哈哈大笑："古钩大神比人脑还厉害！"

但坡地正前方眼睛看得到的海军总医院，虽然建筑已非旧时模样，却是我唯一认得的地方，我在那里出生，我父亲第一次住院开刀也在那里。

三十多年前也是个上午，才刚考完艺研所的口试，姚一苇老师问的一个有关亚里士多德的问题仍在脑子里打转，转头就看到一位好友站在教室门外："你爸住院了，你妈打电话来要你赶回去一趟。""什么病？""不知道，我带你下山去赶火车。"教室外面仍然下着淅沥沥的小雨，比几个小时前上山时好像更阴冷了一些。

从左营火车站赶到医院时，父亲已在开刀房里，家人都在开刀房外的走道上等待，我还没开口，母亲看到我就说："医生说是胆囊总管结石，你爸痛得受不了，非开刀不可。"

那个年代的医学技术不像现在，剖腹开胸都是生死大事，而且也没有超声波碎石机之类的设备。任何人生病听医生说要开刀，都会吓得不知所措，被推进开刀房全身麻醉前，更会担心自己不知道会不会醒过来。

我父亲的身体一向很健壮，八年抗战几万里长征锻炼出来的，而且他最自豪的事情是，每年海军办的武装游泳比赛，他都拿到不错的名次，"当年要不是会游泳，趁着黑夜

七〇年代的海军总医院。

从城墙头吊根绳索跳进江里逃生，今天哪还有命在？"游泳原来是他的保命本领，比赛得个名次算什么？

我坐在开刀房外的椅子上正恍恍惚惚想着往事时，开刀房的侧门突然被人推开，一个穿着手术服戴着口罩的护士探出头大声问："王〇〇的家属在吗？"母亲吓得跳起来直问："出了什么事吗？""手术出了什么问题吗？""没事，别紧张，你们可以进来一个人。"

我换了件手术服跟她进去开刀房，父亲躺在手术台上仍在麻醉中昏睡，医生看到我，指着手术台边一个铁制的容器："这就是拿出来的结石，你看看有多大！"容器里有三颗像花生米一样大的石头，他幽默地笑说："你们要的话，可以带回去做纪念。"我摇摇头走出像冷冻库一样的开刀房。父亲苏醒后，我问他要不要把那三个石头拿回来，"好不容易才拿掉，干嘛还要拿回来？就送给医生当战利品吧！"纪念品变战利品，看来他比医生还幽默。

父亲住院开刀那年已六十岁，我在他出院后有一天的日记里写着："老爸出院后好像突然变老了，老得连动作都变慢了……还是他以前就这么老，只是我从来没注意到？"

世运主场馆北边坡地的右方是炼油厂，父亲住院那年，我们家已从眷村搬到油厂附近的一个小社区。古钩地图上虽然找不到社区的位置，但那天上午我站在烈阳曝晒下的坡地上，却恍惚看到一个穿着睡衣在远远的社区小路上散步的老人，步履缓慢，背影略偻。

我到现在才终于确定：原来他是在离开医院后才变老的啊！他躺在手术台上那天，医生从他身体里拿走的除了那三颗石头外，大概还有其他什么看不见的东西吧！

# 爷
# 爷

　　德儿出生后，我就开始改口叫他"爷爷"。他跟我当了四十四年的父子，前二十六年我叫他老爸，后十八年我都叫他爷爷，因为爷爷是他最爱听到的一种称呼。

　　我虽然算早婚生子，但德儿出生时，爷爷已经六十二岁，他们当了十八年的爷孙。隔代的爷孙情，比我跟他或我跟德儿的父子情，更亲也更浓。

　　我从小一直以为我父母只生了六个小孩，好多年后才听我母亲说，我还有个应该排行老二的哥哥。他出生在抗战结束后，但因为罹患肺炎（那个年代肺炎的流行率与致死率都高得吓人）而早夭。我父亲得知消息后，不假擅离军营，风雪夜里一个人循着铁道走了一个晚上，赶回家去看他儿子最后一眼。

那年我父亲三十岁，既有战功，又是黄埔出身，军旅生涯正被看好，但他为了早夭之子却宁愿当个逃兵；我母亲每次讲起这段故事都还余悸犹存："逃兵在那个时候可是要枪毙的啊！"后来因为我外公与长官的说情力保，我父亲才侥幸逃过军法制裁。

我那个早夭哥哥的离开，好像也带走了我父亲的部分生命。他虽然还有六个子女，但他的父亲角色却始终很淡也很远，他跟我们兄弟姐妹中间好像总隔着一层难以言说的什么东西。一直要到德儿来到世间，才又唤起了他早已遗忘了三十多年的角色记忆，他是以爷爷的身份在扮演父亲的角色，用我母亲的话来说就更清楚了："你们六个小的时候，你爸从来没替你们把屎把尿过，但他对孙子却什么事都做，比他对自己的孩子还更像个父亲。"

德儿在小学毕业前的十二年，他们爷孙俩几乎是须臾不离、亦步亦趋。台中中清路稻田旁的社区里，爷爷每天推着婴儿车散步；台北永和秀朗国小校门前，爷爷每天等孙子放学后，牵着他的手穿过大街小巷一路玩回家，沿途熟识的店家看到他们都会打招呼："老爷爷又接孙子放学啊！"听到这样的招呼，木讷的爷爷也会笑着回应："是啊，是啊。"

爷爷过世后这几年，我常跟德儿开玩笑："你是我儿子，怎么生活习惯跟我那么不像？"比方说，我爱吃酸涩的橘子李子，他却只吃甜蜜多汁的苹果，因为从小爷爷就只买苹果、削苹果给他吃；我爱吃鱼虾蟹蚌，他却怕刺不爱吃鱼，因为爷爷以前都帮他把鱼刺拿掉，他吃惯了没刺的鱼肉；当然，他们爷孙俩个性之拗、之顽固，更简直是一个模子捏出来的；隔代教养的潜移默化显然比基因隔代遗传的影响还要大。

爷爷不但是他孙子的保姆，也是他的保护神。任何人只要对他孙子大小声，轻者被爷爷怒目以瞪，重者必遭爷爷厉声叱骂，连我有时候想要履行一下当父亲的权责，也常因他护孙心切而弃权投降。

有一年德儿在学校玩爬单杠，不小心跌下来摔破下巴，爷爷把血流不止的孙子送到医院后，立刻打电话回南部给我母亲，"你爸在电话上哭得不像话，一直怪自己没把孙子照顾好"，我老妈每次描述这通电话时，都不忘加个批判性的脚注："来台湾几十年，我没看你爸哭过，你哥小时候调皮

我从小一直以为我父母只生了六个小孩，好多年后才听我母亲说，我还有个应该排行老二的哥哥。他出生在抗战结束后，但因为罹患肺炎而早夭。我那个早夭哥哥的离开，好像也带走了我父亲的部分生命。他虽然还有六个子女，但他的父亲角色却始终很淡也很远，他跟我们兄弟姐妹中间好像总隔着一层难以言说的什么东西。

捣蛋常常受伤，但也没看他伤心成那个样子。只有在你另外那个哥哥走的那天，我看你爸哭过。"她指的是那年我父亲雪夜送子的故事。

德儿出生那天，我从医院打电话给我父亲："老爸，你当爷爷了！"一个月后，他只带了一个行军袋，里面塞了一床棉被和几件衣服，搭火车到台中住进我租的一间透天厝里，开始扮演他一生最快乐的一个角色：爷爷。但他这个角色只扮演了十八年，太短了。

雨中山樱

　　有朋友自东京回来，叙说他去靖国神社与六义园看樱花的印象。

　　六义园那棵高十五公尺宽二十公尺的巨樱，属于枝垂樱，花开时如瀑布急下飞散，有人称它瀑布樱花，但它的另一个别名"枝垂彼岸"，却更像诗的语言。

　　我一向不爱樱花这种植物，但却喜欢许多种各式各样有关樱花的名字。那天听朋友描述六义园夜樱的璀璨艳丽时，我就想到"山樱花"这个名字，好像在樱花前面多加了一个"山"字，就让粉味太重的樱花立刻多了一点点野味，比它另外一个名字绯寒樱，也少了一分刺眼的艳色。

我最近一次看山樱花是在今年四月初阳明山一间旅馆的庭院里。我上山那天花季刚过不久，那几株沿墙栽植的山樱花树上，只有一累一累绯艳的果实垂挂在枝梢上，同行的朋友惋惜说："来晚了几天，好多年没看过樱花盛开的样子了。"

隔日清晨，天气阴冷湿雨，我一个人在樱花树前散步，凝望着眼前碧绿的山色想着各种心事，进屋前顺手摘了一颗沾了雨水的樱花果实放进书包，便走进会议室里参加研讨会。

早上第一堂课是听老教授的专题演讲，谈台湾三十年来精英角色的起伏变化影响。我坐在离他最近的沙发上听他细说当年，"我们七十多个大学教授那年坐在博物馆的台阶前抗议……"脑子里想的却是另一个老人那年春天来这座山上看花的往事。

我读大学时常去山仔后跟几位租屋在那里写诗的朋友喝酒聊天，读研究所那个学期也每周上山一次听课。山上路边虽然随处可见樱花，但任它花开花谢，却始终没有引起我"闲绕花枝便当游"的一丝一分兴致，反而是山上湿冷的绵绵春雨常常让我心有所感。

六义园那棵高十五公尺宽二十公尺的巨樱，属于枝垂樱，花开时如瀑布急下飞散，有人称它瀑布樱花，但它的另一个别名"枝垂彼岸"，却更像诗的语言。

但我父亲却从来没看过樱花。他年轻时跑遍大江南北，草木虫鱼鸟兽所识多矣；我们家仍住眷村时，前面院子那块小花圃里，也种过菊花玫瑰七里香以及一株不知道从何处移植而来的昙花；但他却唯独不识樱花，来台北居住多年，也从未上过草山一游。

第一次带他上山看花那年，他已六十六岁。那天上午看花的人群不多，他牵着孙子的手，就像在住家附近闲闲散步一样，一路看花一路跟他孙子指指点点低声细语。一向不爱拍照的他也特别选了荷花池畔那株盛开的樱花当背景，"替我拍张照片当纪念吧！"下山时他又突然说："如果家里有院子就好了，可以种棵樱花，也蛮好看的！"

那年我家那株昙花初次开花那天晚上，村子里跑来看花的左邻右舍男女老小，把我家狭窄的前院挤得像个夜市那般热闹。我父亲从客厅拉了一条电线到院子里，在花圃上面挂了一盏电灯泡，每个人都盯着昏黄灯光下那朵一瓣一瓣愈开愈大的昙花，"哇，全开了，真漂亮啊！""花开始谢了，真可惜啊！"就这样一直惊叹到半夜，昙花终于谢了睡了，最后一个邻居才告辞回家。

我父亲那天晚上坐在院子里，前前后后几个小时看着昙花开了又谢的神情，就像他第一次（也是唯一一次）去草山看满山遍野盛开的樱花时一样，难得的笑容，少见的快乐。

那天傍晚研讨会结束离开旅馆前，我又去看了一次庭院里那几株山樱花，并且又摘了几颗樱花果实，想到我父亲那年下山时说的：“如果家里有院子就好了，可以种棵樱花，也蛮好看的！”

# 旅
## 行

二十多年前拍摄已有点变色的照片：三月的草山上仍有些凉意，早开的樱花树下荷花池畔，六十五岁的爷爷看着穿得像小狗熊一样的四岁孙子，嘟着嘴神情专注地向天空吹着肥皂泡泡，一旁是我，树下坐看祖孙天伦乐。

这是我与父亲唯一一张共同出游的照片，也是他北上与我同住十数年来，我们父子俩唯一一次结伴同游风景区。

到台北读书前十八年，我的生活地图小得可怜，边界最北到台南，最南到鹅銮鼻的灯塔。台南是高中毕业后与几个死党结伴同行，鹅銮鼻是我读小学时父亲带全家人首度到外县市的风景区郊游，之前我们家偶尔出游的范围不是澄清湖（我们那时叫大贝湖），就是离家不远的莲池潭，而且前后不记得去过多少次，好像南部风景区只此两处别无分号似的。

鹅銮鼻之行之所以印象深刻，除了因为它是我幼时离家最远的一次长征外，更因为回程时车轮打滑，全家人差点就集体坠落山谷；家里人偶尔回忆起这段经历，每个人都难忘停在路边买的那几个硕大西瓜，在车子险些翻覆过程中被晃跌得稀巴烂的那个画面；好像这也是我们家唯一的郊游共同记忆。

用现在的流行语言来形容，我父亲其实是个典型的"宅父"。除了出差受训，他的生活范围通常都在方圆百多公尺的村子里面打转。哪天如果他带羊羹回家，代表他刚去了趟花莲；带花生酥进门，代表他去了趟金门，除此他很少离家。

他退休后来台北与我同住，对他是个大转折。他一生离家三次：第一次他十八岁，为了打日本人；第二次他三十四岁，为了逃共产党；第三次他六十岁，为了跟儿子同住。有了孙子后，他的生活更是跟着那个逐年成长的小生命而改变，台北成为他另一个家乡，从此他没再离家出走过，直到他人生最后一次远行。

我有时候很纳闷：从他十八岁到三十四岁那十六年间，他那双脚从江边的安徽老家，关山夺路走到多山的贵州异乡，然后再从异乡越省过县走回老家，跋涉何止数十万里，阅尽多少山川风土人情；但他来到三万六千平方公里的岛屿后，却几乎足不出市，更从来足不出岛，难道他一生该走的路的配额，早在那几年的战争岁月中就已经走够走完了？

两岸开放探亲后，我一度构想陪同父亲回去他出生成长的那个江河交汇的小镇，让他寻回他失落了多年的记忆，也让我能在那样的过程中，重新认识另一个隐藏的陌生的父亲，就像刘大任《晚风习习》中结伴同行回乡寻根的那对父子一样。但父亲对这趟构想中的旅程毫无兴趣，甚至冷漠得让我怯于再次开口询问。

他不回故乡，也不曾去过异国。他最后几年的生活中其实只剩下两样东西：他的孙子与他病痛的身体。孙子让他不能当"宅爷爷"，住家附近的每一条巷弄小店公园，都有他们爷孙俩的足迹；病痛让他必须定期到离家稍远的医院去看病拿药，一个小时左右的公车路程，也让他对居住的城市不至于全然陌生；但这两样东西却也成了他的牵绊，让他有

到台北读书前十八年，我的生活地图小得可怜，边界最北到台南，最南到鹅銮鼻的灯塔。台南是高中毕业后与几个死党结伴同行，鹅銮鼻是我读小学时父亲带全家人首度到外县市的风景区郊游。

借口从不远行。

　　但我曾说服他远行异国吗？不曾；也不曾体贴地安排好行程再硬拉着他跟我到任何一个岛屿以外的地区旅行；那么多的不曾都不是因为他的不愿，而是因为我的疏懒所造成，以至于我的旅行回忆中，虽然有形形色色的人在内，却唯独找不到我父亲以及我们父子俩的留影。

# 沉
# 默

跟我不熟的人常误以为我个性外向，却不知道其实我骨子里是个内向甚至有点孤僻的人。

我的内向跟我父亲很像，有其父必有其子，外向却得自我母亲的真传。我常开玩笑说，我是我父母基因的最佳综合体，"母亲其外，父亲其内"。

我父亲的内向，形之于外的就是他的沉默，而且是那种少见的沉默。

我们家一家八口，每天人声鼎沸，他却沉默到一整天难得说几句话。他每天骑脚踏车上下班，早上出门一句"我上班了"，黄昏回家一句"我回来了"，都好像在跟空气打招呼。晚饭桌上，说话的永远是我母亲，他始终是个倾听者，最多也只是个有一搭没一搭的回应者。在那个还没电视的年代，晚饭后就寝前三四个小时，他不是一个人在村子里散步，就是人在家中却鲜闻其声。

眷村的人都爱串门子，晚饭后穿门过院的拖板声不绝于耳，大门前巷子口不是爸爸们打赤膊跷着二郎腿在大摆龙门阵，就是妈妈们双手忙着打毛线但嘴巴却不停地在窃窃私语，但这种场合里也永远看不到我父亲的身影。我母亲跟左邻右舍每家都熟，我父亲跟他们却只有点头之交，比邻十数年，犹如初识时。

偶尔有人来我家作客，即使是多年熟识，我父亲也是拘谨客气地打声招呼，寒暄几句后就无以为继，如果没有我母亲在场，那个场面真是冷得让人很难多坐一两分钟。

礼拜天他在家，不是在后院敲敲打打修理鸡笼子，就是在前院东挖西翻整理小花圃；我母亲带我们几个孩子出去逛街，他也常常一个人留在家中；他带全家出游的次数，数

右图：七〇年代后期的左营大路，照片中的婴儿是我死党张力的儿子。

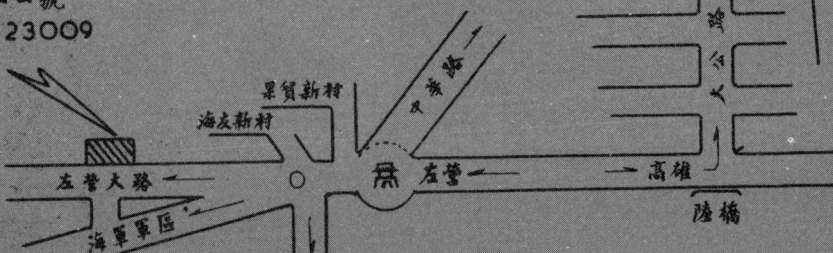

都数得出来。

我年少时只知道他是这样一个沉默的父亲，就跟我家隔壁独居的那个老萧一样，不爱跟别人打交道。一直到很多年后我才了解，沉默只是他形之于外给人的印象，其实他根本是一个孤僻（或者我该用更残酷的"孤独"这两个字？）的人。

但他怎么会这么孤僻？一个刚高中毕业就下定决心要逃家到外省去投考军校的人，即使不是志在千里的热血青年，但跟"孤僻"这两个字总该隔着十万八千里的距离，怎么扯也扯不上关系吧？

那么，是什么改变了他？战争？

我这一代的人读过许多他那一代人的战争史，也知道很多战争改变人的命运与人的个性的故事。炮火不但能夺走人的生命，也会夺走人的魂魄，难道我父亲也是这种故事的主角之一？那几年的战火，几万里路的颠沛流离，多少人的生离死别，就彻彻底底改变了当初那个留书出走的热血青年？

或者，他也是所谓的那个大时代的"失败者"之一，而且始终没有摆脱掉这个身份的阴影，才至如此？

我不知道，坦白说也怯于知道，答案是什么。

我年轻时对我父亲的沉默与孤僻茫然无感，知其然不知其所以然，但后来每次面对他莫可言喻的沉默，我却常感到揪心之痛。我是在成年以后才稍有体会：他之所以那么的沉默，其实因为他是那么的不快乐啊！

我也是在很多年后才猛然发觉，我年少的记忆里很少有我父亲欢笑的画面，更几乎不曾听过他开怀放声大笑，那种高兴至极时挡也挡不住的哈哈大笑的声音。

我是直到德儿出生后，才终于常常听到他的笑声，他也许是个不快乐的父亲，但却绝对是个快乐的爷爷。每次翻看相簿里几百张他们爷孙俩的照片时，我都难免嫉妒，当然更难免愧疚：他做了我那么多年不快乐的父亲，我竟然一无所觉，也一无所为。

那
碗
面

"爷爷，起来吧，吃饭了。"

我站在他房门前轻声唤他，他应了一声慢慢转身掀被起床，坐在床边，一件一件穿上长裤毛衣夹克，天冷，把毛线帽也戴上后，起身走到餐桌前坐下。

摆在他面前的其实只是一碗面，分量不多。一把面条，几片沾过芡粉敲过的里脊肉片，切成块状的半颗番茄，几叶青菜，茼蒿或青江菜，漂在冒着热气的汤碗上面。

我坐在餐桌对面陪他，他低着头一口一口吃面夹菜喝汤，吃的速度很慢，每一口都咀嚼很久才吞咽。"面好吃吗？""还可以。"他放下面碗前，每次我都会这样问他。

其实不用问他我也知道，那碗面怎么可能好吃？没盐没油没任何调味的水煮面，偶尔一食，也许尚可，常常吃甚至餐餐吃，即使再不挑嘴的人也会食难下咽。他吃得那么慢，也许就是因为食之无味吧！

他健康日趋恶化那几年，虽然遵医嘱按时吃药，但血压却仍经常飙高，有次高到在浴室突然昏倒，之后我就开始严格管制他的饮食，少盐少油甚至无盐无油，就成了最简单的一种管制手段。

他的口腹欲望一向不高，年轻时行军打仗吃过沙石拌虫尸的"八宝饭"、把白萝卜可以形容成土人参的人，对于饮食一事本来就不会太挑剔，不但可以居无竹，当然也可以食无肉，遑论其他山珍海味；但没盐没油食物的难吃程度，应该犹胜于起码还可以加点盐巴洒点酱油的"八宝饭"吧！

我因为常让他吃那种无味面，于心不忍，也常觉得罪过，好像自己犯了虐父罪嫌，所以隔段时间就会替他到外面买点好吃的东西，让他解馋打打牙祭，其中他最爱吃的就是鼎泰丰的素蒸饺，每次看他吃得津津有味，吃得一粒不剩，我虽然会笑他"饿坏了啊？"但心里的愧疚感却每次都更增一分。

我一向不会照顾别人，更不懂怎么照顾生病的父亲，食如此，衣亦然。这几天寒流来袭，德儿反戴个棒球帽在屋里晃来晃去，问他干嘛在家还戴个帽子，他说："冷啊，头冷啊！"我随口说："那干嘛不戴爷爷那顶毛线帽呢？"德儿换上一直挂在他房门口衣架上的那顶毛线帽后，开心地说："哇！果然很暖。"接着又加上一句："早知道就把爷爷那件棉袄也留下来！"

　　我听了心里一愣：爷爷有棉袄吗？我有替他买过棉袄吗？我完全没有印象，一点一滴的印象都没有。

　　爷爷在台北跟我们住的那十几年，换来换去好像永远穿的都是同样那几件衣服：浅灰深灰的西装裤，细条纹的衬衫，褪了色的粗线条枣红夹克，咖啡色的毛衣毛背心。他还穿过其他款式或颜色的衣服吗？我不记得，唯一记得的是，他没有领带，偶尔外出做客，我都会找一条自己的领带替他打好戴上。

　　我当然知道他不喜欢我们替他买新衣服，偶尔买了新衣新裤，他也让它挂在衣橱里，几年碰都不碰；但他怕冷，天一冷就把毛衣毛背心通通穿在身上，外加一件厚重夹克，那件褪色起毛的枣红夹克，全身包得臃肿不堪。为什么我不曾替他买过一件轻便保暖的雪衣？或者该问的是，我有过这样的念头吗？

相簿里他的照片，看来看去，春夏秋冬，他穿的都是同样那几件衣服，戴在德儿头上那顶暗蓝色的毛线帽，也到处都起了毛球。我怎么会让他吃了那么多年同样的那碗面、穿了那么多年同样的那几件衣服？天寒，心冷，不敢再想下去，不敢想，我到底有没有替他买过棉袄。

# 等待公车

　　天很冷，冷得路上行人脚步匆匆像在竞走。公车站牌前几个人瑟缩着身体在等车，他站在队伍后面，手里拎着一把黑色雨伞。

　　他要去医院，看病，拿药。

　　在台北住的那十几年，除了住家附近的街巷、商店、学校、公园与菜市场外，他最常去的地方，就是搭公车起码要一个小时才到达的那间医院。

　　而且台北那么多条公车路线，他只坐过到医院那条路线的公车，其他路线的公车，他从没坐过。那些路线中不管哪一站，都没有他想去的地方。

每次他去医院前，都是自己先打电话预约好看诊时间，但不管号次顺序排得多前多后，他都是一大早就准备好出门，好像要搭车搭机远行，担心会误点一样。

他的日常生活中只有两件大事，除了孙子，就是医院。照顾孙子是他每天的事，这件事让他觉得开心；到医院看诊是隔几个礼拜的事，这件事让他感到安心。

我曾陪他去过几次医院。偌大的候诊室里总是坐着满满的人，举目尽是花白疏发的头颅，不时有人坐着轮椅进来，也有人拄着拐杖出去；坐在椅子上的人不是孤单呆坐，就是三三两两有一搭没一搭地闲聊打发时间。

那些人口音不尽相同，但每个人都像他一样，一样苍老的外型，一样漠然但略显不安的神情；在一样外型和神情的躯壳里面，不必想也知道应该也藏着差不多一样剧情的人生故事。

轮到他进去看诊时，医生跟他的对话就像排演过无数遍的台词："老先生今天哪里不舒服吗？""上次拿的药，吃了头有点晕。""我帮你换个药试试，还晕的话，我们再检查看看。""我药都按时吃，但这几天怎么血压还是高？""天冷可能有点关系，记得多穿点衣服，像你戴毛线帽就对了啊，别担心，没什么问题。""谢谢医生。"

常常是等待一两个小时，甚至更久，看诊却只花了短短几分钟；但领完药离开医院时，他脸上总是露出松了口气的那种神情，"我们回去吧！"回去，当然还是搭公车。

平常他是一个很能忍病忍痛的人，感冒，他窝在厚棉被里，"出身汗就好了"；头晕，他也躺在床上休息，"不动就不会晕"；牙痛，"漱漱盐水就好"；你不问他，他也很少告诉你哪里不舒服。

但有段时间，蛮长的好几个月时间，他因为带状疱疹的缘故，却常常痛到忍不住会以几近呻吟的声音抱怨："怎么这么痛，痛得受不了啊！"

那段时间他去医院的次数增加很多，每次都有人陪他。医生虽然常常替他换药治疗，但疼痛却始终不减，痛到一向对医师尊敬的他也禁不住发牢骚："你开的药一点用都没有嘛！"

也就是从那个时候开始，他的身体状况一日坏过一日。以前他还偶尔坐在客厅沙发上看看电视，边看边骂几句新闻里面那些他看不顺眼的政客；但后来除了吃饭上洗手间外，他几乎都躺在床上，卧房变成了病房。有时候我看他并未睡着，要他到客厅坐坐看看电视，他摇摇头："不想看。"

直到有天早上，他昏倒在卧房门口，我才警觉他的身体状况比我想象的还要严重。"清晨五点多，老爸昏倒在他房间门口，大概是治疗疱疹的药太强所致。"那天的日记我只写了这段话，时间是一九九三年元月一日，整整十七年前，一个同样寒冷的冬天。

那天以后，他又昏倒过几次。以前他一个人搭公车去医院，好像去参加一个定期的聚会，但后来他就不曾再一个人去过医院。公车站牌前等车的人群中，也再没看过那个拎着黑色雨伞排队的老人。

# 南下列车

南下的自强号列车上。

他坐在靠窗的位子上，一路无语，只偶尔抬头看看搁在行李架上的行军袋，其余时间都是靠在椅背上，侧着脸凝视窗外快速倒退的风景，安静得像一座雕像，若有所思，神情黯然漠然又茫然。

那一年我去火车站接他，他站在嘈杂声此起彼落的人群中等我时，也安静得像座雕像，若有所思，却没有黯然漠然又茫然那样的神情。

南下列车行李架上的那只行军袋，当时就搁在他右手边的地上。

他从造船厂退休后第二天，就拎着那只行军袋搭车北上。七年前，在同样的火车站月台上，他目送着他十八岁的儿子北上读书；七年后，火车站更显老旧，但这次他不再是送行的父亲，他要搭车到他来台湾后三十多年只去过一次的那个地方，台北，跟他的儿子同住。

我父亲跟我同住十八年。他六十岁来台北，七十八岁那年，我陪他搭火车重回南部。自强号列车到达高雄站后，我扛着那只行军袋，带他穿过嘈杂声此起彼落的人群，走出那个老旧的火车站，回到他十八年前来的地方，我母亲的身边。

带他重回高雄，其实是我一生最痛苦的一次抉择。从他在家中常常突然昏倒后，我就陷入了不知如何抉择的困境。

他几度昏倒几度住院，虽然结果都有惊无险，但医院是治病的地方，并非安养的所在，只要看他病情稍微转好，医院就忙着催他办理出院。但如果哪天他又昏倒，在我们上班上学家中无人时又昏倒呢？我每次坐在病床边，看着熟睡中的父亲，常常就会被脑海中浮现出的这个画面吓到。

那段时间我到处打听：听说阳明山上有间私人开的老人安养院办得很好，很多名人的父母都住在那里，生活悠闲，像个银发族俱乐部，但费用却贵得吓人，一般人很难负担。

又听说几家公办的安养中心也办得不错，收费不高，但那里患病的人太多，衰病的暮气重得比医院还像医院；这种地方，我父亲大概连一天也住不下去。

继续跟我们住是上策，但风险也最大；住安养院，弊多利少，而且我也有人伦上的不忍；剩下来的选择，也是唯一的选择，就只有回南部了。

但我要怎么告诉他这是唯一的选择？一天、一个礼拜过去，一个月、两个月又过去，我每次面对他时都欲言又止。有天晚上我终于鼓足勇气坐在他对面，把我心中憋了好几个月的心事，一件一件地告诉他，把我想过的各种顾虑，一层一层地分析给他听。我不知道讲了多久，他侧着脸一言不发，安静得像一座雕像。

"我不想住老人院。"等我终于讲完后，他转过脸看着我说了这句话，神色安静但决然。"那回高雄，让老妈照顾你好吗？"他又侧过脸没有接话，隔了好久，好久，才看着我说："那就回去吧！"

"痛哭终夜，不能原谅自己！"我在那天的日记上只写了这一句话。

自强号列车到达高雄站后，我扛着那只行军袋，带父亲穿过嘈杂声此起彼落的人群，走出那个老旧的火车站，回到他十八年前来的地方，我母亲的身边。带他重回高雄，是我一生最痛苦的一次抉择。

一个礼拜后，他坐在床边，看着我帮他收拾行李，一床厚厚的棉被，几件老旧的衣服："都装在行军袋里吧！""袋子那么旧，换个箱子装吧？""不用了，装袋子就好。"那只十八年前陪他北上的行军袋，早就被他拿出来搁在床边的地上。

这几年我常常想起那天的画面：他坐在南下列车靠窗的位子上，像个若有所思的雕像，凝望着窗外快速倒退的风景，只偶尔抬头看看行李架上的行军袋。

南下列车上，那只十八年前陪他北上的袋子里面放了一张照片，照片中他穿着睡衣坐在客厅的藤椅上，满脸洋溢着掩不住的笑容，他的孙子站在他背后，调皮地在手上把玩着一只篮球。

# 那两句话

我父亲平常话就不多，他的身体日渐衰败那几年，话更一天少过一天。

但在每天那么少的几句话当中，有两句他过去从来不曾讲过的话，却变得常常讲。每次只要听到那两句话，我就想逃得远远地，不想也不忍听。

他第一次在家里昏倒，我送他去医院检查后，在回家的路上他突然叹了口气："唉，这样活下去有什么意思。"我当时还安慰他："只是昏倒而已，又不是世界末日，干嘛讲这种丧气话。"但从那天以后，他那句话总是会伴随着一声叹气，冷不防就从他嘴里冒出来。

他第一次住院，有天下午我去看他，他醒来看到我坐在床边，问我："怎么没去上班？"我起初还想跟他开玩笑："跷班啊，来看你有没有乖乖打针吃药"，但他望着我叹了口气："再拖下去，把你们都拖累了"，差点让我当场崩溃。

我跟我父亲之间本来一直是那种旧式的父子关系，两个人并不那么亲，亲到像我跟我儿子那样，可以常常抱抱，可以无所不谈，可以父子犹如朋友。

他跟我们住在一起那十几年，每天最常叮咛我的几句话是："烟别抽那么多"，"酒少喝一点"，"工作别那么累"，"头发太长了该剪了吧"。我知道这是他关心我的方式，但我每次都随口应付他"会啦！""好啦！"

但他身体日渐衰败后，我们的父子关系却起了很大的变化。以前是他叮咛我，后来变成我唠叨他："别一直躺在床上"，"起来走走动动"，"天冷了把毛线帽戴上"。更不同的是，我会偶尔轻轻地抱抱他，也会常常找话题跟他聊天，甚至要要宝逗他开心。

我们父子本来都不是聊天的料子。我们家是典型的母系家庭，一切唯母亲是大，我以前常笑我老妈："老爸话那么少，就是因为你把他该讲的话都说完了。"而我虽然因为工作在外面话不得不多，但回到家躲进书房里，却可以像个哑巴终日无语。

但不是聊天料子的父子，那几年彼此间却变得话特别多。我会听他臭骂电视新闻里那些让他气得火冒三丈的政客，偶尔还故意跟他抬杠唱唱反调；或者听他谈他的孙子又讲过什么好玩的话做过什么有趣的事；当然听得最多的还是我从小就听了不晓得多少遍，他老家的故事以及他打日本鬼子打"共匪"的那些往事。

后来他骂那些政客的声音越来越小，到最后甚至连骂都不骂了，我知道这是不好的征兆，就常常故意问他往事："为什么土匪每次到镇上，都只抢钱却从不杀人？""你那个时候怎么敢当逃兵，不怕被杀头啊？""你跟老妈在桂林失散后，想过还会再见面吗？"起初他还会应付我几句，后来却常有问无答，偶尔开口，说的多半又是我最怕听到的那两句话。

我送他回南部后，他的话就更少得像是失语老人，用我母亲的话来形容："你跟他讲十句话，他一句话都不吭，只瞪着个眼睛看你。"以前他在台北，即使没体力下楼散步，也会坐在客厅里看看电视、翻翻报纸；但回南部后，每天不是睡在透天厝楼下客厅里特别替他摆放的那张床上，就是一个人坐在屋外的藤椅上，几个小时不言不语，不行不动。

我偶尔南下回去看他，他虽然话也不多，但每次只要开口说第一句话"你何必又大老远跑回来"，我就知道他其实很高兴甚至期待我回去看他；但我每次回去，不管跟他聊什么，前一秒才逗他露出了笑容，下一秒他又冷不防冒出那两句话，而且次数一次多过一次。

我不是医师，不知道他当时的生理状况究竟发生了什么变化，但我知道我父亲的心理发生了变化，而且是天大地大的变化：他的生存意志正在一点一滴慢慢地流失。他每讲一次那两句话，他的意志就减弱一分消失一点，直到他在睡梦中走的那一刻，终于连最后的一分一点都流失殆尽。

直到现在，我耳边还偶尔好像听到他讲的那两句话，以及那一声让人揪心的叹气。

# 最后的夏天

朋友推荐我去看张作骥拍的《爸……你好吗？》，我摇摇头苦笑："大概不会去看吧。""为什么？""不敢看。"

真的是不敢看。因为怕在戏院里丢人现眼，又重演看《海角七号》时，电影尚未散场就趁黑落荒而逃那样的惨剧。

一把年纪后这几年，全身器官老化的速度虽与年龄成正比，唯独泪腺却像永远的尹雪艳，岁月不曾在它身上留下任何痕迹，而且愈老愈发达，稍不留神它就会自动运转，连阅尽世事的大脑都来不及管控。

我的常识告诉我，这是老的征兆之一，但这么一个小器官竟发达到这种程度，却让我怀疑是不是忧郁症的迹象？比方说前几天，新竹创下历史高温三十九度四那天，它就曾"发作"过一次。

那天儿子回来一进门就嚷着："外面热疯了，热得太没人性了。"我没问他热疯了跟人性有什么关系，只随口回他一句："心静自然凉，你忘了爷爷夏天连电扇、冷气都不吹啊！"

爷爷跟我们住的那十几年，家里的冷气机摆在墙上像个装饰品，客厅里的电风扇也从来不曾转向爷爷坐的位子。天气再热再闷，他永远一件麻纱汗衫，手中一把蒲扇，每次看我们热得焦躁不安，他总是一句："心静自然凉嘛！"

也就是在新竹创下高温那天晚上，我在闷热得像蒸笼的房里读陈寅恪的诗，"暮年一晤非容易，应作生离死别看"，越读越燥越闷，闷到受不了终于弃书开电视想换个情绪，哪知道开机就是公视播的《山上的理发师》，还没看几分钟，剧情还没搞清楚，泪腺就开始蠢蠢欲动，接下来一个多小时更是一发不可收拾。叶斯光的一个阿嬷就让人无法招架至此，张作骥的十个爸爸岂不让人当场崩溃？

几个月前看《入殓师》影碟，看到本木雅弘拿剃刀替他电影中死去的父亲，一刀一刀伴随着一滴一滴眼泪，刮去满脸的胡茬时，我就已经尝过崩溃的滋味。我从本木雅弘模糊的眼睛看到了另一张满是胡茬的脸。

我父亲一生拘谨，而且愈老愈拘谨，完全不像个饱尽沧桑的老人。他生病住院时，年轻的护士要带他如厕，他腼腆地拒绝了，一直等到我去看他时，他才忍不住开口，走出洗手间时还会尴尬地对我说声"谢谢"。

有时候我看他满脸胡茬，问他："怎么胡子都不刮呢？"他总是叹口气："有什么好刮的？"但我拿电胡刀替他刮胡子时，他脸上又露出那种腼腆的表情，动也不动地等我刮完后摸着他的脸，笑他："你看，又像个老帅哥了吧！"他也是一声"谢谢"；更不要讲我隔几个礼拜替他剪手指甲、脚趾甲时，他是多么的无可奈何又多么的不自在了。

他离开前那个夏天，我回南部家里看他，陪他坐在屋外的藤椅上聊天。南部天气又闷又热又黏，黏到连风都吹不动，他还是一件麻纱汗衫，一把蒲扇，安静地靠在椅背上，听我絮絮叨叨东拉西扯，只有听到关于他孙子的话题时，他才偶尔插个话，牵出一抹一闪即逝的微笑。看我讲得满头大汗，他拿蒲扇指了指屋里："你进去吹电扇吧！"

那天替他刮完胡子剪完指甲后，抱了抱他跟他说："我回台北了。"他点了下头："天热，就别回来了。"坐在几万英尺高空的机舱里吹着冷气,想他可能还躺在屋外的藤椅上，想着我才抚摸的那张满是胡茬的脸，蠢蠢欲动的泪腺终于又失控了。

　　那是我跟父亲相处的最后一个夏天，一个又闷又热又黏的夏天。

# 永和那个家

那天我替他计算了一下：他在台湾四十六年，从三十四岁到八十岁，总共住过九个家，高雄四个，台北四个，台中一个。

我从来没问过他，但我猜，九个家中，他最喜欢的应该是永和那个家。

永和那个家是一间老公寓的三楼，贷款买的，空间不大，但我父亲是个老派想法的人，之前他跟我们住的三个家，都是租的，即使不是寄人篱下，但居无定所几乎一年一搬，就像无根浮萍；买了房子后，有屋斯有产，有屋也斯有根，上一代飘零海外，下一代扎根斯土，证明他儿子终于熬出了头，父心悦矣。

　　但比儿子更重要的是孙子。我们家的永和时期长约十年，那十年他们爷孙俩朝夕相处，我之所以猜他最爱永和那个家，就是因为那个家里有他最爱的孙子。

　　尤其是德儿上幼儿园到小学毕业那几年，爷爷早晨送他下午接他，虽然都是"例行公事"，但爷爷却把接送当成是每日大事来办，不但出门接送必穿戴整齐，而且接送也从来不是只到学校为止，必然是接送到教室为止。有次放学他进教室替孙子收拾书包，站在教室前面的老师看到便出声提醒："老先生，这里是教室，麻烦你到教室外面去等好吗？"我父亲头一抬瞪着眼就顶回去："我孙子在这里，我为什么不能进来！"此后他再进教室，老师一律假装视而不见；有这样的爷爷，谁还敢啰唆。

　　永和那间公寓旁边，有一片面积不大的树林，树林后面有间小学，小学操场上的运动设施就是德儿当时的游乐场，他们爷孙俩几乎每天必去散步游嬉。我有次陪他们从学校走回家，一路上有好多人跟他们热络打招呼，可见他们一老一少的社区关系好到什么程度。

德儿读小学一年级时，我正在美国读书，那年暑假他们母子到弗吉尼亚的"狗不理坡"宿舍陪我住了一个礼拜后，继续到纽约玩了几天。Coney Island 的游乐园虽然让德儿玩得"乐不思台"，但有天晚上他却辗转反侧睡不着觉，他妈问他怎么回事，他说："我想爷爷。"隔天我在电话上得知此事，本来想叫那小家伙来听电话骂他几句："老爸出国那么久，你都没想过。"后来却只跟他妈说了一句："难免啦，他第一次离开爷爷。"

爷爷那年回南部养病，也是第一次离开他的孙子。我从来没问过他，但我猜，他住在他人生最后一个家的那两年，也一定常常辗转反侧想念他的孙子。

德儿上了中学后，我们搬离永和，在他读的学校附近租了一间老公寓，这也是我父亲在台北的最后一个家。虽然因为德儿大了，再加上爷爷也病了，永和时期爷孙俩一起上下学那样的画面已经不复再见，然而孙子却始终是爷爷的生活重心，重中之重，唯一的重心。

但回南部后，他却顿时失去了早已习惯了十几年的这个重心。我每次从台北打电话跟他聊天，他问的第一句话一定是："德德还好吗？"我偶尔回南部看他，虽然会跟他絮絮叨叨很多关于他的身体、我的工作以及他的媳妇种种，但他听得最专心也问得最多的还是他的孙子，那个他从襁褓一手带到高中的孙子，而且每次总要叮咛我好几次："他是个好孩子，你们要好好照顾他、培植他。"

我在他离开前最后一次回南部看他那天，告诉他"德德要爷爷好好保重身体"时，半躺在藤椅上的他露出难得的笑容，转过头看着我，叮咛的还是同样那一句话。

# 陌生的父亲

其实从我开始叫他爷爷后，我和他的父子关系才起了微妙的变化。

初次叫他爷爷，当然是学他孙子的口吻，很可能的场景是：在一间医院里，我抱着那个刚出生的婴儿，指着站在他面前的那个老人说："这是你爷爷喔！"

后来愈叫愈顺口，很可能的因素是：爷儿孙三代人常常聚在一起，而且他的孙子永远是我和他聊天的主题。从"爷爷你看德德会爬了喔！"到"爷爷明天我们一起送德德到幼儿园"，我和他之间因为有了一个"中介"，父子间的对话才愈来愈多。

但在那个"中介"未出生前，我和他之间却是另一种父子关系。

我父亲生了六个儿女，但我们从小就唯母命是从，放学回家第一个打招呼的人是母亲，给我们零用钱的人是母亲，骂人打人的是母亲，甚至第一次离家写信报平安，信封上写的收信人也是母亲的姓名。

即使我是他六个儿女中特别偏爱的一个，但我和他一个月说的话，可能加起来还没有我和母亲一天所说的话多。他是一个沉默的父亲，也因为沉默，他变成了一个陌生的父亲。

在父亲这个名词前加上"陌生的"这个形容词，好像有点不可思议，但我这几年每次想起他，回想我在眷村跟他同住的那十八年，我的记忆中的父亲，包括他讲过什么话、做过什么事，确实是少之又少，少到我不得不用那个不可思议的形容词来描述他。

他的故事，我们从小是听母亲讲的，即使他就跷着二郎腿坐在旁边，他也像在听别人的故事一样，除非你问他，否则他从来不插一句话。幸好我从小就爱发问，才能一点一我突然了解，在我开始叫他爷爷以前，其实他对我竟然是那么的陌生，陌生到我从没想过他怎么会在笔记本上写下那么伤感的一段话。

滴地把他的历史拼凑起来，从他出生的老家，一路拼凑到他从上海搭船逃难到高雄，否则我们家六个孩子对自己父亲的认识，很可能比对邻居别人父亲的认识还要少。

直到他北上与我同住的另一个十八年，他虽然仍是个沉默的父亲，但却不再是个陌生的父亲，当然，也更不是个陌生的爷爷。

他以前没跟他儿子讲的那些故事，他会讲给他孙子听，我坐在旁边当听众，偶尔也会插个话，甚至纠正他"奶奶以前讲的不是这样啊……"每次他都会说："你妈记错了，以前我只是不讲，我自己的事我怎么会记不得。"就这样，一个故事接着一个故事，我是从爷爷的故事里才知道了更多父亲的故事。

直到他身体日渐衰败后，爷爷讲故事的次数也愈变愈少；我又变成以前那个爱发问的儿子，常常故意讲他那些我早已倒背如流的前尘往事，但他跷着二郎腿坐在旁边，好像在听别人的故事一样；眷村十八年的那个父亲又重回眼前。

他离开后这几年，我每次整理他留下来的东西，每次都自以为又多了解了他一分，但那天在他一本笔记本上读到这样一段话："几十年来，四海飘泊，历尽多少艰险，受尽多少折磨，尝尽多少辛酸，经过多少风浪，心头难过了就哭上一哭，心头高兴了就笑上一笑……"我才突然了解，在我开始叫他爷爷以前，其实他对我竟然是那么的陌生，陌生到我从没想过他怎么会写下那么伤感的一段话。

写那段话的他是一个什么样的父亲？他的处境以及他的内心，我到现在还不了解。

# 初一旗津

旗津公墓灵骨塔的矮墙内，三棵松树下停满了车辆，墙外百余公尺处就是码头，几艘货柜轮船静静地停靠在海面上。

广场上搭了两个长方形的棚架，棚顶铺着七彩直条纹的塑料布，棚内摆放着几张漆着红漆的圆桌，庙前巷口办桌时那样的摆设。

但红漆圆桌上摆的是一叠叠的纸钱，一包包的元宝莲花，以及香烛与生果。棚底下人来人往，拥挤得像个市集；不同的家族，不同的男女老少组合；有人在打招呼互道新年快乐，也有人在低声催促："赶紧把香点了，先去拜地藏王菩萨。"

菩萨端坐在灵骨塔正门进口处，俯视着向它持香鞠拜口中念念有词的那些男女老少；二姊站在门外叮咛："你们先拜菩萨，然后再去拜老爸。"每个人手持三柱香，依序立拜菩萨，再跪拜小门已经打开的那座骨灰坛。

十四年了，每年大年初一早上，我们家里的人都从不同地方赶到旗津，四代人陪父亲过年。跪在他的骨灰坛前，看着他的照片跟他说几句话，一分钟诉尽一年心事。

跪拜完后再去公墓区前面的火场烧纸钱，一叠又一叠的纸钱；烧莲花，一百零八朵纸折的莲花；烧元宝，黄澄澄却轻飘飘的元宝；烧冥钞，有台币有美金多得花不完……熊熊的火，浓浓的烟，飞散的纸灰，心里一边喃喃念着："老爸，给你送钱来了"，"老爸，请你保佑全家大小"。火大得烟浓得连眼睛都睁不开。

当年选择在旗津供放他的骨灰坛时，谁都不曾想到，他从海峡彼岸仓皇渡海后上岸的地点，其实就在距离灵骨塔不远处一个叫渡船头的地方。他曾在一本小本子里，依照年份写了一个他的个人大事记，其中有一段写着：一九五〇年"一月，乘汉民船来台"。当时他绝对不可能想到，登岸四十六年后，他最后安息的所在，竟然离他那年上岸的地方只有那么短短的距离。

烧完纸折的莲花后，我站在灵骨塔石阶上的栏杆旁等待。广场上卖香烛纸钱的那个老太太在跟人聊天，矮墙边松树下卖饮料的欧吉桑一边抽烟一边在讲手机，他的摊子旁边今年多了一辆卖烤地瓜的推车（有谁会在祭拜时想吃烤地瓜呢？）；有一家人收拾完供品后开车离去，另一家人刚下车，冲进棚架内忙着在圆桌上摆设纸钱香烛。

冬阳下的旗津外海，安静得像幅印象派的画。我想象着在不远处的某一个地点，有天中午，一艘从上海黄埔江畔起航的军舰，缓缓靠向旗津港的码头后，挤在甲板上的军人一个个鱼贯走下船梯，踏上了一块离开他们家乡千里遥万里远的陌生土地。

在那些疲惫挫败茫然的人群中，那个才三十四岁，肩挂上尉官阶的年轻军官，在一脚踏上岸边土地的那一刹那，他的眼睛看到什么？心里想着什么？是留在海那边老家执意不肯出来的那些亲人，还是早他三个多月就已搭乘另艘军舰先行抵达这块陌生地的妻儿子女？

上岸的当天下午，我父亲在左营军区大楼走廊上与我

我想象着在渡船头登岸时的那个年轻的父亲，想象着在灵骨塔另一个不远处的造船厂里，退伍后曾经做了多少年搬运工的那个中年的父亲，他的模样，他的心情，以及他过的日子……

母亲重逢的那一刻，我猜想他一定有着恍如隔世的感慨吧！因为他在来台半年后写的一篇自传草稿中，有一段是这样记述的："……后因受战事大局影响，转进徐州，迨徐州会战后，再退转京沪，战场之惨历历斑斑，令人不堪回首。"

故国不堪回首，多少恨。我想象着在渡船头登岸时的那个年轻的父亲，想象着在灵骨塔另一个不远处的造船厂里，退伍后曾经做了好几年搬运工的那个中年的父亲，他的模样，他的心情，以及他过的日子……"你进去跟老爸说再见吧！"二姊提醒我该回去了。

我跪在地上摸着嵌在冰冷骨灰坛上他的照片，起身后向地藏王菩萨合什再拜，走下石阶。广场上那座香炉的浓烟，熏得人眼睛都刺痛。

# 最后的眼神

从火葬场捧着他的骨灰坛一路到灵骨塔安放后，我跪在冰冷的磨石地上，凝视着他那张邮票般大小的黑白照片，久久不愿起身离去：终于，到了阴阳两隔的时刻了吗？

那个时刻，我曾经想象过好多年，三更半夜担惊受怕过好多年，也思想准备过好多年；但从那天清晨接到那通电话后，我却让时间冻结，不肯承认，那个时刻果真来了。

那天早上母亲下楼，看见他还睡在床上，侧着身右手掌压在头下，他一向习惯的睡姿。母亲叫他："老头子起床啦！"未应，推他，也未应，才发觉她十七岁在战火中下嫁的那个人，已经在睡梦中悄悄离开了她。

她和我父亲牵手在桂林，分手在高雄，五十载岁月，几万里长路，多少次生离；对他们那代人来说，死亡，其实并不陌生，两次战争，他们见证了太多死亡，死神也曾像敌人一样一路紧紧追在他们的背后。但每次想起那个当年骑在枣红色军马上的年轻英俊军官，这次真的撒手离她而去时，母亲总是感叹又感叹："老头子让了我一辈子，早知道他这么早就走，就该对他好一点！"

母亲的感叹何尝不是我的感叹。父亲三十六岁时生我，八十岁离开我，四十载都成肠断史；有几年只要脑海里一浮现关于他的种种，我就毫不迟疑立刻转念，害怕自己一打开闸门，就再也挡不住记忆洪流汹然轰然的侵袭。

直到二〇〇一年，他离开不到六年，我出版第一本书时，在自序的字里行间，我才在怯懦的心情下打开了记忆闸门的一丝丝缝隙，第一次写我父亲，写我有天一口咬下鼎泰丰素饺时，猝不及防想到他，眼泪控制不住夺眶而出。

过去一年，我从父亲在安徽出生的小镇写起，写他的故事，写他为人子、为人夫、为人父以及为人爷爷的那段历史；就像在拼图一样，我把散落一地的拼图零片，安徽的、桂林的、贵州的、上海的、高雄的、台北的，一片一块地拼贴组合，尝试去拼出我父亲的图像，那个图像中有他经历过的时代，以及那个时代里跟他相关的各式各样人物。

但我愈写才愈发觉，我找到的拼图零片，其实比我找不到、早已因遗忘而遗失的零片，少了不知多少倍；再加上我又是个拙劣的拼图者，以至于父后十四年，我至今依然未能完成父亲的拼图。

当然，有些拼图零片，我是刻意选择性地遗漏：我在他入殓时见他的最后一眼，我执铭旌走在棺木后送他到火葬场的那段路程，他的肉体被烧成骨烧成灰装进骨灰坛的那一刹那……我虽然几次想将这些记忆的零片化成文字，但却几度怯懦迟疑而缩手。

我父亲只是一个平凡人，一个比许多平凡人更平凡百倍千倍的平凡人，他自己如是观，别人也那样看，我当他的儿子，竟然也懵懂浑噩了四十四年，误以为他既无高深学识又没显赫经历，他的一生当然平凡至极，他的故事也当然贫乏至极。

但我忘了，彻彻底底忘了，父亲，每个人的父亲，都是不平凡的。在父亲这个名词的前面，平凡或者贫乏这样的形容词，根本都是不该存在的赘词。

到今天，我只要想到那个画面，就觉得它就是父亲这个名词的定义，也是我印象中我父亲的模样：我读高中时，每逢下雨天，"到了下午雨还没停的迹象，他一定会穿上雨衣，骑着他那辆笨重漆黑的飞利浦牌脚踏车，从左营家里沿着中华路一路骑到我学校，到我教室那栋红砖大楼边的大树下静静等着"，"等下午某堂课下课铃响后，我下楼走到大树下，从他手上接过一个折叠成四四方方用油布包着的小包裹（油布里包的是一件雨衣），然后再看着他骑上脚踏车，缓缓骑出校园大门"。

我父亲的一生，他当父亲的那个角色，以及八十年岁月中他当过的每一种角色，其实，都尽在那个下雨天的画面中；直到这一刻，我似乎还能感觉到，他缓缓骑出校园大门时，回头再看我一眼的那个眼神。

那是父亲的眼神。

辑二

新天堂乐园

今年除夕，吃完年夜饭后，她拿了两张护贝（编按：过胶）的老照片给我。一张黑白，一张上彩，两张照片中她都穿着旗袍，大卷烫发，画过眉，别着胸针，带着珍珠耳环，眉眼含笑，比那个年代哪个电影明星都要美。

她一向爱美，爱梳妆，爱在花前拍照，爱听旁边的人赞美她："人比花娇啊！"

每次妆成出门，别针、耳环、手镯一样不少。"谁爱风流高格调，共怜时世俭梳妆"，当下那刻她不再是困居陋巷的眷村妈妈，仿佛又回到那个桐城书香世家小姐、梅渚镇大地主二少奶奶的岁月。

那一年，她十七岁，仓皇辞乡，从桐城撤离到桂林，再从桂林撤离到贵州。

八千里路云和月，七个字写起来沧桑还带着点浪漫，真实生活中，却是空袭不断，死尸不绝。行路途中，刚刚才站在身旁的人一眨眼就倒了；轰炸机一来，就地找掩护，找不到掩护，只能反射性地抱头一仆，再起身，满目尽是断手断脚、开肠破肚的景象。

生死两隔，近在咫尺，今日生，明日可能死，唯一剩下的感觉只有：走下去，活下去；不能多想，也无人可问，下一站在哪？何时会到终点？

在桂林，奉父母之命，她嫁了人，嫁的是一个大她十岁骑着枣红色骏马帅气的年轻军官。战乱岁月中，多少像她一样的少女，就这么转眼间，长大了。她们不能再依偎在爹娘身边，她们中断自己的学业；她们从此失去自己的名字，往后一生，她们有了共同的名字：从妈妈到奶奶。

我母亲就是千千万万那样的战争少女之一。如今虽然她已八十多岁了，但那个十七八岁的桐城书香世家小姐、梅渚镇大地主二少奶奶，还活在她的心底，时不时就精神气派地跳出来。在我家里，她是发号施令的总指挥，就像太阳系最热的那颗火球，所有的人都围着她转。

看着她，甚至隔着电话筒，总让我忍不住想问她："你哪来这么旺盛的活力？"她是眷村里最活跃的妈妈之一，打牌、跳舞，日子过得有滋有味，仿佛不开心就对不起老天爷。即使年逾八十，高雄水质不好那几年，她照样左手右手各拎一个大桶子，脸不红气不喘地提水去。

我至今还忘不掉的一个画面：她待在厨房做菜时，哪怕只是萝卜、黄豆芽，她也能自得其乐哼唱歌谣："蓬门未识绮罗香，拟托良媒亦自伤……梦回何处是家乡，有浮云掩月光，问谁怜弱质，幽怨托清商，舞袖歌扇增惆怅，啊～碧玉年华芳春时节，啊～空自回肠……随风飘萍频年压线，空自凄凉……"唱起民国歌星的名曲，好听极了，我曾经夸她："你去唱歌的话，哪还有紫薇？"紫薇，当年可是风靡眷村的歌星哪。

她不但会唱歌，还写得一手娟秀好字。跟她从大陆一路逃难来台的艰险路程中，有一只铁盒子是她从没丢过的唯一行当。盒子里，留着她念高女时的一篇楷字作文，人美字好。她出身书香世家，一家子都是读书人，她的两个哥哥，我的大舅、二舅，都是中央大学毕业生，照片上瞧去，中分头、立领中山装，像极了黄花岗烈士，个个都是民国进步文人的派头。她嫁的丈夫尽管是地主之子，却不太看在她眼里："他们王家啊，没一个读书的料。"

她爱慕的两个哥哥，二哥在抗战末期得了肺病早早走了；最疼她的大哥，在她跟着我外婆、三姨挤上一艘由桂永清侄子带领的眷属舰，准备出发到台湾前，坐了个汽筏赶上船，我母亲哭着求他别走一起到台湾，大舅只从口袋里掏出所有银洋，一把塞进我母亲手里："你需要，拿着。我不走了，我回去照顾爸爸。"茫茫江海中，汽筏子没几下工夫就回到码头，我母亲带着我大姐大哥，一路翻江倒海到了台湾。从此六十年，她再也见不到疼她宠她的父兄。

这一年，家国风云变色，她才二十三岁。

当年跟她同船来台的外婆、三姨早就走了，乡亲戚友访旧已无几人，但几十年来她依然眉眼含笑，日子过得风风火火，南部客厅里那具电话，也从来没寂寞过。几次回桐城老家，那些识与不识的后辈人人都叫她老祖宗，刘庄吴家的幺小姐，当年离家时，只是个十几岁的高校生，返乡探亲时却已是八十多岁的老太太；她记忆中的那个老家，家门前的两棵槐树，俱已灰飞烟灭；六十多年前她走下船板踏上的那块土地，却意外变成了她十七岁后唯一的归宿。

# 黄浦江上

"载我们撤退的那艘船不是停靠在码头边，是停在江的中间。

你大舅雇了一艘'汽筏子'赶来船上送我们，我哭着求他：'哥哥你跟我们一起走吧！'

"他却跟我说：'妹妹你们先走，我们下一批就来。'然后从口袋里拿出十几块大洋交给我，又坐'汽筏子'掉头回去了。

"我那时候哪知道一辈子就再也见不到他了？早知道这样，我死也要拉着他，不放他走。"

我母亲每次想起六十年前她逃离上海那一天，跟她大哥在黄浦江上话别的那短短几分钟，至今仍不敢相信她人生中竟然会有这样一段生离死别的经历。

那年她才二十三岁。到上海前几天，她还是家里用人口中的二少奶奶，过的是大户人家般的生活。但有天夜里，她带着我六岁的姐姐两岁的哥哥，跟着我父亲躲在另一艘"汽筏子"里，连夜逃出我父亲的老家，逃离我父亲弟弟带队的新四军的追捕后，二少奶奶就换了个身份，像其他各省各县几百万人一样，都改名叫做"难民"。

到上海才下船登岸，我父亲就向部队报到，留下我母亲带着两个孩子，跟着早已等在码头上数也数不清的海军眷属们，一筏子又一筏子地被送上停靠在黄浦江上复兴岛外的军舰上。

"记得是哪天到上海吗？""不记得了，只知道南京已经失守，上海也快了。"历史的记载是：南京四月二十三日失守，上海五月二十五日失守。

"那天岸上到处人挤人，乱得不像样，还听得到枪声。"军舰上也是挤满了眷属，做丈夫的当父亲的，都留在岸上准备打仗，做妻子的当母亲的，都被送到船上先行撤退。没几年前，我母亲逃日本人时，在从桂林到贵州的路上，就曾跟我父亲失散了好几天，彼此不知对方是生是死；在黄浦江畔分手后，这是第二次，我父母二人又"各逃各的命"。

在母亲的记忆中，"我们那艘船是桂永清侄儿在带的，船上的人也都是跟着桂永清那些人的眷属"，"他侄儿看到我左边带一个你姐姐，右边一个你哥哥，还笑我：'大姐姐带小妹妹小弟弟逃难啊！'"

但海上逃难那段旅程，"大姐姐"却成了需要被别人照顾的病人："我在船上不但吐到连肠子筋都要吐断了，而且不知道什么原因还发高烧，吓得你阿婆、三姨她们不知如何是好。那时候所有人都睡在船舱的地上，但船上的人看我病成那个样子，就让我睡在吊铺上，每天晃啊晃的，就晃到了台湾。"

母亲下船的地点是高雄港的鼓山码头，一个叫渡船厂的地方。船上所有的眷属都住在码头上一间仓库里面，睡觉时像睡大通铺，吃饭时饭菜都盛装在大桶子里，各人打各人的饭菜吃，母亲的形容是："你知道难民营长什么样子吧？我们下船后过的就是那样的生活。"

"在渡船厂住了多久？""大概有几个月吧！"

做丈夫的当父亲的，都留在岸上准备打仗，做妻子的当母亲的，都被送到船上先行撤退。突然有一天，那些做丈夫的当父亲的，一个个出现在做妻子的当母亲的那些人面前时，那一页本来记载生离与死别的历史才笔锋一转，开始出现了类似重逢与团圆这样的故事。

"那几个月有老爸的消息吗？""怎么会有？根本就不知道他在哪里，想问也问不到啊！"

一直到海军把住在渡船厂的眷属们"移防"到左营军区警卫团驻地的走廊上、搭建另一个"难民营"后不久，突然有一天，那些做丈夫的当父亲的，一个个出现在做妻子的当母亲的那些人面前时，那一页本来只记载生离与死别的历史才笔锋一转，开始出现了类似重逢与团圆这样的故事。

这就是我母亲一九四九年从安徽到上海再到台湾的逃难"简史"，用她的话来形容就更简单了："不堪回首啊！"

# 刘庄女儿

才走出海关，她就被来接她的人群吓了一跳。但在那么多男女老少当中，她只依稀认得一张面孔：那个背已有点驼被人搀扶的老太太，不就是四十多年前匆匆一别时还是风姿绰约少妇的她的大嫂？

"她只比我大一岁，怎么就老成那个样子？要不是那张脸，我还真认不出来是她。"

到了机场外面，她又吓了一跳，五六辆车子一字排开在等着她，"好像在等什么大官一样"；有个年轻人手里拿着根拐杖，身边放着一张可以抬的躺椅，大声问走出来的人：

"姨奶奶呢？"原来拐杖跟躺椅是预备给她用的，她那些晚辈听说台湾的姨奶奶要回来了，怕她老得走不动，才体贴地带了这两样东西来接她，哪想到他们从未见过面的这位姨奶奶，不但望之不老，而且还健步如飞。

这是我母亲到台湾后首次返乡。但她从十一岁跟着我外公因抗日转战大江南北后，其实就没再回过她老家。返乡次日，她在侄儿侄女的陪伴下，重回她童年住的一个叫"刘庄"的地方。

"我们家姓吴，左邻右舍也姓吴，为什么住的地方叫'刘庄'？到现在我还搞不懂。

"'刘庄'的那间房子早都垮了，只剩下一些破破烂烂的墙壁，以前大门前面那两棵冬青树也连根都没了，哪还有什么老家啊！"

老家不在了，但老家旁边一间老屋子里的一个老太太，却让她才一见面就哭得死去活来。

"我二姐是我们家四个姐妹当中，长得最漂亮的一个，哪想到我见到的却是个裹小脚的老太婆？就好像见到你外婆一样。"

她二姐知道她妹妹可能要回来后，就成天盼呀盼的，而

这是我母亲到台湾后首次返乡。但她从十一岁跟着我外公因抗日转战
大江南北后，其实就没再回过她老家。

且还去找了许多根稻草秆子,再把秆子折成长短不一的尺寸,每天捏在手里像抽签牌一样,抽到比较长的一根,就高兴地念说:"我妹妹快回来了!"抽到短的一根,就沮丧地问人:"她不会不回来了吧?"

那天晚上,失散四十多年的两姐妹聊到天色大白,两岸家人亲友不管死去的还是活着的,都在她们的笑声与泪水中被一一点名;当然,她们聊得最多也哭得最凶的,是她们早已离去的父亲。

我母亲跟她父亲最后一次见面,是在抗战结束那年,长江边一个小镇的旅舍中,父女话别后就没再见过面。回"刘庄"隔天早上,在一座荒山上一堆隆起的土坟边,她才又跟她父亲"见面"。

"那座山连个石阶也没有,都是难走的山路,我是抓着树枝条一路爬上去的。

"那哪算是个坟?连个墓碑都没有,你外公是不是埋在那里,我也不知道,他们要我跪哪拜哪,我就跪哪拜哪,我哭成那个样子,哪还想到要问什么?"

当然,她事后才知道死后没坟没碑,不只是她父亲如此,全乡全村各家都一样;在她没经历过的那段打砸烧抢的年代中，不知道有多少东西都在动乱中消失不见了，何况是一座坟一块碑？

但在乡下，"各家有各家的山，各家有各家的坟"，而且我母亲有个侄儿，他的"职业"就是替我外公家里的人看坟。他在我母亲老家的断垣残壁上，搭盖了一间简陋的小屋子，在荒山脚下也种了一块田，逢年过节就会上山，在各个坟堆前点几炷香烧点纸钱祭拜，"还好有他看坟看了几十年，否则，我要到哪去找你外公的坟？"

下山当天，她就离开了让她魂萦梦牵快半个世纪的"刘庄"。一年多后，她收到她侄女的来信，"我二姐也走了！"这几年我偶尔劝她再回去看看，她都回答："我认识的人一个都不在了，还回去看谁？"

# 夫天下事

　　宣纸上那笔娟秀小楷，写得真是漂亮，那是我母亲读中学时写的一篇小品，有次她从铁盒子里拿出来向我现宝，并且带着点挑衅的语气说："写得怎么样？没想到你老妈也会写文章吧！"我当然只能点头称是："那还用说，桐城派的嘛！"

　　铁盒里面还有一张照片，黑白的，她两个哥哥，我大舅二舅的照片。两个人都穿着中山装，梳着整齐的短发，像极了课本上林觉民的那个模样，黄花岗的味道，落笔"意映卿卿如晤"那样的神情。但我还没说几句赞美的话，母亲就抢着说："长得帅，那算什么，他们都像你一样，爱读书，都是中央大学毕业的，那才了不起。"讲着讲着，她忽然横空杀出一句不相干的话，"哪像你爸爸他们家，没一个读书的料。"

老爸高中毕业就离家跑去考军校，接下来十几年先打日本鬼子再打共产党，连命保不保得住都不知道，哪还有闲情逸致去读什么书？难不成你要他当个横槊赋诗的儒将？我当时本来想替父亲辩护几句的，但想想父母间的事哪轮得到我发言？更何况母亲讲的那句话，老爸几十年听过不知道几百遍了吧？

所以我只能转个弯开她玩笑："不公平吧？王家总还有我吧！"哪知道老太太想都没想就铁口直断："你像我们吴家的，不像王家的！"好像桐城派的血缘真的那么源远流长；我有次把这个"笑话"讲给父亲听，他只能感慨："哪个人不想好好读书？但那个年头你又能怎么办？"

但父亲没能好好读书的遗憾，却希望在我这个儿子身上找到补偿吧？我以前读书，放学迟归不管再晚，即使浑身都是打完篮球的臭汗，但只要理由是"去逛书店了"，就保证天下太平。晚上读书不管读到多晚，也不管我在读的到底是什么书，跟我同房的父亲半夜醒来，只要看到我还一书在手，也总是翻个身叮咛一句："这么晚了，别再读了！"当然，我向他伸手要钱，明明是要去看电影喝咖啡，但只要说"要买书"，就从来没被打过回票，而且还常常是要五毛给一块。

我从小就是数学白痴，数学考试很少及格过，成绩簿里数学分数那一栏，从左到右总是一排红字到底。每次把成绩簿拿给父亲盖章，心情总是七上八下，但隔天书桌上摆着的成绩簿里，却常常夹着一张字条，上面也始终写着同样一句话："夫天下之事，其不如人意者，固十常八九，总在能坚忍耐烦，劳怨不避，乃能期于有成。"

我本来一直以为他抄的这句话是哪个古圣先贤讲的，稍长后才知道那是孙中山把三国时代羊祜的话改写的；我也才恍然大悟：他从读黄埔后，就不知道读过多少遍他的总理在遗教中的这句话，以至于滚瓜烂熟到可以拿来训勉他的儿子。

就像他虽不是教徒，但他也有本《荒漠甘泉》，我到台北读书后，他在写给我的信中，也偶尔会附加一句"忘记背后，努力面前，向着标竿直跑"这样的话；我也是后来才知道，在他那个年代，当军官的大概人手一本《荒漠甘泉》，老蒋爱看这本书，军中当然也就奉之如同领袖训词。

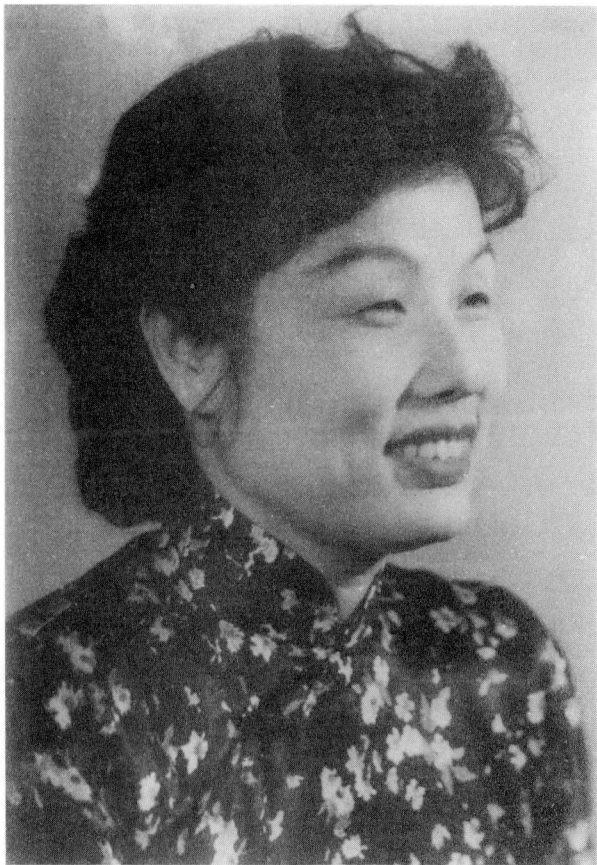

我母亲有次从铁盒子里拿出来读中学时写的一篇小品，并且带着点挑衅的语气说："写的怎么样？没想到你老妈也会写文章吧！"我当然点头称是："那还用说，桐城派的嘛！"

我这个年代的人，没有人会把遗教或训词当成知识的养分来源，但像我父亲同样世代背景的，却有太多人终其一生听之背之信之行之。我在父亲留下来的记事本上，重读他抄写的那几句"嘉言录"时，心中只想着：哪天拿回去给老妈看看，顺便当老爸的辩护人，向桐城派的老太太再讨教几招。

# 姐
# 夫

认识他四十多年，从来没听他唱过歌，那天看他拿着麦克风，一字一句有板有眼地哼唱"小城故事多，充满喜和乐"时，还开他玩笑："孙哥，真人不露相哦！"没想到第一次听他唱歌，却也是最后一次听他唱歌，几天后他就突然走了。

孙哥是我的大姐夫。我读小学时，家里平常进进出出的都是父亲的部属，叔叔辈的人；有天回家却看见客厅里坐着一位年轻军官，陌生人，穿着帅气的海军冬季军服，父亲要我叫他"孙哥"；几个月后，这位陌生年轻军官变成了我的家人。

我父亲是个老派作风的人，对人拘谨木讷，但却爱憎分明，他喜不喜欢一个人，不必问也不用揣测，只要看他的脸色就知道答案。我家三个姐妹，登门拜访的"男朋友"中，孙哥是唯一一个能让父亲每次见面都微笑以对，也愿意闲聊几句的人。

父亲离开后这几年，每年大年初一早上，全家人都要到旗津公墓的灵骨塔去祭拜他。孙哥虽是女婿，但总是跟着我们兄弟姐妹，燃香，烧纸钱，跪拜，然后请全家人去餐馆吃顿中饭，我听他唱歌，就是在他人生最后一次的大年初一中午。儿子当天拍的照片中，他穿着红毛衣红夹克，七十七岁的人，潇洒英挺一如往昔，完全看不出几天后就要走的蛛丝马迹。

孙哥是一个人来台湾的。那年他才十七岁，内战战场上的胜负已定，他告别父母离开临近渤海的家乡后，随军渡过台湾海峡，在离家万里外另一个临海的地方登岸，一住六十年；海边出生长大的孩子，在海边在海上写下了他的一生故事，也在海边划下了故事的句点。

他的故事本来应该更精彩的。我在新闻界几十年，只要碰到海军出身的军头，我一定会聊到我有个姐夫孙某某，没有人不认识他，每个人也都会说类似这样的话：“他可是我们当年最被看好的明日之星啊，只可惜跟错了人（海军也有派系），要不然早就做到像我现在这样的位置了。”每次我转告他有人这样说他，他都自我解嘲：“还好跟错了人，否则还要搞政治，人都不知道搞到哪里去了！”

他说英文说得像吴炳钟一样漂亮，虽然喝党喝军的奶水长大，但读官校时每到假日，他都会跑到街上买本《自由中国》偷读，“读军校那个年代，被发现看《自由中国》还得了！”我初次听说这本杂志以及雷震的名字，就是他告诉我的，我那时读高中，他偶尔客串当我的家教，教我英文数学，也教我一些课本上没有的东西；几十年后，我办政论杂志时，他还鼓励我：“你们只要能办到像《自由中国》那样，就算成功了。”

我离开南部后，每年只有在春节时跟他见一次面。坐在母亲家里吃年夜饭那张餐桌四周的家人，从两代人变成三代人再变成四代人，老中少小“说的说，谈的谈”，众声喧哗中也只能跟他聊些家常，倒是母亲每年吃年夜饭时都不忘当着他的面埋怨我：“你孙哥比你这个儿子还像儿子。”母亲只比她大女婿长六岁，但父亲走后这十几年，孙哥对她确实是长婿如子。

今年母亲家的年夜饭餐桌上，仍然是闹哄哄的四代同聚，只是少了一个人；初一上午在父亲骨灰坛前跪拜的，也少了一个人；中午全家人一样到去年那家餐馆吃饭时，有人不经意提到："去年是在隔壁有卡拉OK那个房间吃的，还记得孙哥唱了一首歌吗？"

# 风雨当年

地震那一刹那，母亲正在客厅看电视，突然间天摇地动，她吓得冲到屋外马路上，还以为世界末日来了。

那天她屋里屋外连跑了好几趟，一整天头晕，"我这辈子没碰过这么大的地震！"但好笑的是，更大的九二一地震，她却完全没有记忆。不是因为时间久远忘了，而是因为那天半夜她睡得太沉，根本不知道有地震发生。

母亲在南部住了六十年，住过两个眷村，两个非眷村的透天厝，但她只有台风的记忆，淹大水的记忆，没有地震的记忆，"十回地震，有八回我不知道"，地震而让她吓得有记忆的，那天是第一次。

我的南部天灾记忆中，其实也只有风雨的记忆。

我们家最早住的眷村，是海军迁台后在左营军区外盖的第一批眷村，房子并非砖头盖的，而是竹片、木头与泥巴混在一起"糊"成的，房子里面的地也不是水泥地，而是泥巴地；眷村盖得那么简陋，并非因技术不足使然，而是随时会"反攻大陆"的幻想使然。

但即使房子克难到了极点，我母亲却说"总比当难民好"；她从上海搭船刚落脚南部时，下船后就与同船的人住在旗津码头上的一间大仓库里，吃喝拉撒睡同在一起，"跟住在难民营里有什么两样？"

后来海军又把"难民营"那批人集体迁居到左营军区里面，让他们在军区办公大楼的走廊上搭帐篷（其实是床单）为家，风吹日晒雨淋，"比住仓库时更像难民"。

搬进眷村后，即使再简陋，但房子有墙有门有屋顶，总算有了个安全栖身处所，更重要的是，逃难结束了！七八坪大小的房子，"东南西北四通八达"，床单穿绳即成隔间，我们家从刚开始的四个人到后来的八个人，就挤在我母亲形容的"那么丁点儿大的地方"，一挤就是好几年。

　　我们家住的第二个眷村，盖在地势较高的坡地上，房子也是砖头盖的，台风来的时候，全村的人只要关门闭窗，也不需要再跑到军区大楼里去躲台风。

那个年代的眷村，一切唯军命是从，军方下令全村大扫除，家家户户就集体动员洒扫，连公厕与公厨也排班清洗。那个年代更没有电视，收音机也不见得每家都有，每次台风警报发布后，只要预知是大台风，村里的管理员或军区派来的人，就从村头一路吹哨子吹到村尾，一面吹一面喊："台风来了，台风来了，请到军区大楼避难。"

没多久军方的大卡车就开到村子外等候，每家父母牵着小孩抱着棉被鱼贯上车，哪家人如果没赶上车子，就自行骑脚踏车或走路到军区大楼报到。全村男女老少那天晚上就在水泥与砖头盖的大楼里面打地铺睡觉，等候台风过境。

但我到现在还百思不解的是，虽然年年有台风，也年年躲台风，但每次台风过境，即使是大台风，村子里那些泥巴糊盖的房子，却好像从来没被台风吹垮过，顶多是屋顶被掀了几块，门窗破了几处，屋子里也因漏水而泥泞不堪，但还不至于严重到像《茅屋为秋风所破歌》中那样的凄惨场景。

我们家住的第二个眷村，盖在地势较高的坡地上，房子也是砖头盖的，台风来的时候，全村的人只要关门闭窗，也不需要再跑到军区大楼里去躲台风。

但我家因为正好位在坡地下缘，只要强风挟豪雨而来，

"雨脚如麻未断绝"，其结果一定是水淹成灾，屋淹无干处，几乎年年都要尝过一回"长夜沾湿何由彻"的滋味。

那天跟母亲聊到那几年淹大水的往事时，她记得的比我还多。哪一年我的书被水淹了，我气得大发脾气，哪一年隔壁种的柚子被强风吹落随大水漂到我家院子，却被邻居说我们偷他柚子，她都描述得如在眼前，"就是因为淹水淹怕了，我们才搬家"。

但她现在却说她后悔当初搬家，理由是那个眷村改建后，"那么漂亮的房子，住在里面多舒服！"问她不怕再淹水吗？她回答得很干脆："淹水不怕，只怕地震！"那天地震真吓到了她。

# 匮乏年代

住南部的二姐寄来一大箱军用牛肉罐头和口粮，几十年没再吃过这些东西，滋味虽然犹似当年，但吃的心情却大不相同。

我成长的年代是贫穷的年代，也是匮乏的年代，国穷，家也穷。穷人家孩子的享受其实很简单，能到杂货店买几颗大头糖，到炼油厂吃根冰棒，到中正堂看场电影再喝杯粉泡的冰橘子水，在路边摊吃根烤黑轮再喝几碗黑轮汤，就是既奢侈也幸福得不得了的事。

当时我家兄弟姐妹每天上学带的便当，通常都是蛋炒饭，米是公家配给的，蛋是自家后院养的鸡生的。便当里偶尔装的还是炒面粉，现在吃面茶既时髦又讲究，但当年却只要把面粉炒得焦黄，泡点热水就充饥了事。

家里偶尔有客人来，带的礼物一定跟吃的有关，不是饼干就是包子饺子，每次都是客人前脚才走，礼物就被吃得一干二净。当年大姐夫追大姐时，每次上门都会带半只盐水鸭来，兄弟姐妹抢着分而食之，恨不得连鸭骨头都啃到肚子里；我到现在还偶尔会到住家附近的"李嘉兴"买盐水鸭，就是难忘当年滋味。

当然吃军用牛肉罐头，更是以吃大餐视之，每次都吃得狼吞虎咽，吃到连汤汁都一滴不剩，吃相之难看，常被母亲骂说："像饿鬼投胎一样。"

其实不只我家如此，那时候村子里好像都是穷人，每家妈妈到杂货店买东西都会赊账，上菜市场买菜也会欠钱。我们村子里有两家杂货店，村前的叫周家小铺，村后的叫王家小铺，两家小铺的墙上都挂了块黑板，平常上面密密麻麻用粉笔写满了字，二〇一号李太太欠多少，一二三号张太太欠多少，但发薪水（眷村那时叫发饷）那几天，黑板上的字却被擦得干干净净，大家都还钱了；隔几天，黑板上又开始慢慢写满了字。

那时候每家父母虽然生的孩子都一大堆，少则三四个，多则六七个，但孩子都还不到做事的年纪，全家收入只能靠当爸爸的那一份薪水，钱当然永远不够用。那个年头有钱没钱的定义也很简单，哪一家如果在杂货店从不欠钱，就算是有钱人家，如果哪一家还在银行开户，就表示余钱很多，可称得上是富人了。

拿我家来说，父亲退伍后虽然还领半薪，但却少得不敷家用，一家八口过得多么拮据可想而知。我大哥读完中学就进军校，大姐二姐读完中学就在军区找工作做，都是家计使然。他们跟许多眷村孩子一样，之所以一生走不出眷村这个围城，不是因为他们不想出走，多半是因为他们必须帮父母赚钱维持家计；许多眷村第二代，尤其是女性，命运就是这样的身不由己。

在兄弟姐妹中，我算是最幸运的。家里再穷，却从来没少给我任何东西，甚至别人没有的，我都有。每天下午有个骑脚踏车，在车后摆个箱子卖面包蛋糕的人，都会绕行村子叫喝一周，我母亲舍不得花钱买，但每次都会用几碗面粉，跟他换一两块蛋糕，我常常放学回家，就看见蛋糕摆在我书桌上，这块蛋糕，其他兄弟姐妹从没吃过。我曾问母亲为什么这么偏心？她回答得振振有词："那么点大的蛋糕，能分着吃吗？不偏心行吗？你会读书，就只能给你吃了！"

每次回南部看母亲，兄弟姐妹还常常讲起这块蛋糕的故事，带炒面粉当便当的往事，吃军用罐头的滋味，每次也都会很纳闷地互问："那时候怎么会穷成那个样子？"

# 我
# 们
# 俩

　　那天在电视上偶然看到《我们俩》，一部只有"一个景，两个人，四个季节"的大陆电影。景是北京胡同里一间破旧的四合院，人是租屋的房东与房客，房客是个每天慌慌张张跌跌撞撞的女大学生，房东是个独居四合院的孤老太太，她们俩从大雪纷飞冬天开始的一段故事。

　　舞台剧老演员金雅琴把孤老太太的孤和老，演到了每句话每个表情每个动作里。如果没有宫哲演的那个女大学生意外闯进她住的四合院，这个曾经在年轻时"当过兵，骑过马，救过伤员，抽过大烟"的老太太，除了每天搬张椅子坐在院子里晒晒太阳外，大概也只能等待偶尔走错门收破烂的人，来跟她说上几句话。

真实生活中的金雅琴是我母亲那个年岁的人，但我第一眼看到她，想到的却是我外婆。

我这一代的人，外省第二代的人，其中绝大多数人大概都只有父辈的记忆，却没有祖辈的记忆。我们的祖辈在一九四九年大逃难潮中，很多人都选择了根留老家，他们不但至死都无从得知儿辈渡海后的下落，当然也更不知孙辈的一一诞生，延续了他们家族的历史。

我的祖辈记忆，就都来自父母亲的转述。我知道我祖父母的名字，知道他们是有许多田与许多店面的地主，但我连他们的相片都没看过，所以也无从想象他们的样子。我看过我外公的相片，穿着中山装，依稀有点陈布雷的模样，也知道他是书香世家，但有关他的故事，也全来自我母亲的记忆转述。幸好还有我外婆曾经真实地活在我的童年记忆中，才让我的祖辈记忆不至于全是想象中的虚拟拼图。

我外婆虽然没"骑过马，当过兵"，但她从抗战时就跟着我父母一路逃难，上海失守前，她又跟着她两个女儿，我母亲与我三姨，登上黄浦江上的军舰渡海来台，她的丈夫与儿子那时都决定留在老家，幻想哪天时局转好，渡海而去的家人就跟几年前逃难到贵州的家人一样，说不定还会有回家团聚的一天。我外婆刚落脚台湾的前几年，心中大概也是这样幻想吧。

但我对她的记忆都是一些停格的画面：一个矮矮胖胖裹着小脚，穿着黑色对襟布衫，脑后梳着一个"包包头"，腰上挂着一个装了牌九的小布袋，爱吃猪油拌饭，夏天下午常搬张小凳子到村子旁边的大树林里乘凉，以及偶尔叫我去偷摘别人家芭蕉花的老太太。

她跟我父母住了几年后，也许是因为家里孩子越来越多房子嫌挤，老太太决定要在外面租屋独居。她租的那间房子旁边有一大片稻田，也许因为环境跟她安徽老家十分相近吧，不管我母亲怎么劝说，老太太就是不愿再搬回女儿家。

我们偶尔去看她，她就像《我们俩》里面那个孤老太太一样，常常一个人搬张藤椅坐在门前晒太阳；她过世那天早上也是靠在那张藤椅上就突然走了，前一天我母亲替她熬的一大碗猪油，还原封不动摆在厨房桌上。

这几年我每次想起她，眼前浮现的总是固定的三个画面：一大片稻田旁边那间小房子，房子前那张孤伶伶的藤椅，

那天在电视上偶然看到《我们俩》，景是北京胡同里一间破旧的四合院，人是租屋
的房东与房客，她们俩从大雪纷飞冬天开始的一段故事。

以及桌上用旧报纸覆盖着的那碗猪油。

因为她跟我父亲的骨灰坛都摆在同一个灵骨塔里，每年春节初一早上，我都会跪在骨灰坛前，跟我父亲说完话后，再转头跟她说几句话；骨灰坛上她那张黑白照片，圆圆胖胖的脸，对襟的黑布衫，整齐的包包头，年复一年永远停格在当年那一瞬间，但跪在她面前的外孙，年复一年大概已经老得快让她认不得是谁了吧！

# 芭蕉花

　　我是在离家好多年后才知道，隔壁村子原来是二战时期日本人盖的高级军官宿舍；文献中它的名字叫"日军遗管眷舍"，简称"日遗眷舍"。

　　日遗眷舍的房子都很大，每家都有围墙，有院子，墙内花木扶疏，看起来就是大户人家模样。不像我住的村子，一家紧挨着一家，才几坪大，全家人，不管两口人还是八口人，全挤在一个屋檐下，小到连个隔间都没有，哪来的围墙院子？连盖在住家对面几步远的厨房，也是一间紧挨着一间，而且还是两家共享一间。

隔壁村子和我们村子中间有一条河，浅浅的水，水里面有很多大肚鱼，水上面有一条桥，桥虽然不是两个村子唯一的通路，但却是捷径。我很少过桥，但每次过桥一定是只身而行，并且来去如风。

我外婆，我叫她阿婆，一个裹小脚的老太太，腰上永远系着一个黑色的小布袋，袋子里装的是一副牌九，我到现在还没忘记怎么推牌九，就是她当年教导有方。阿婆那时常常吃两种奇怪的偏方，一种是吃小鸡已孵化成形但尚未破壳而出的臭鸡蛋，另一种是喝芭蕉花煮的汤。臭鸡蛋她自己会弄，但芭蕉花要弄到手，却非靠我这个外孙不可。

不晓得算不算是"日遗植物"，隔壁村子几乎每一家都有种芭蕉树，枝叶花果就开在墙头边，伸手可及。我每次过桥，就选定一家为目标，在墙外左顾右盼，一看四下无人，就一跃而起攀上墙头，奋力摘下不算小的芭蕉花后，下墙一溜烟就跑过桥回家，短短几分钟就完成任务。

我那时哪懂得偷别人家芭蕉花是"犯罪"，只知道阿婆身体不好，要喝芭蕉花煮的汤，而且我只偷花又没偷芭蕉啊！所以每次只要老太太一声令下，我片刻不迟疑就立即领命而去。

前排右边是我外公，左边是我外婆，后排左起则是我母亲、父亲与大舅。我外婆，我叫她阿婆，一个裹小脚的老太太，腰上永远系着一个黑色的小布袋，袋子里装的是一副牌九，我到现在还没忘记怎么推牌九，就是她当年教导有方。

但有次终于"失风"了。也许是摘花声音太大吧，屋内的人，声随人至冲出来，吓得我跃墙落荒而逃，跑过桥后，家也不敢回，一个人躲进村子前面的煤球场里，好像躲在一堆乌漆抹黑的煤球堆中间就不会被人发现似的；直到天暗下来才回家，也偷偷告诉了阿婆为什么空手而回。

但故事还没结束。"失风"好几天后，有天中午回家，才到村子口，就看见父亲站在家门前，手上拿着一根藤条，见我就问："你偷人家东西？"我还没来得及回答，藤条就劈扫而来，唰的一声吓得我拔腿就跑，他穿着拖鞋在后面追，"你跑啊，你敢跑！"拖板卡卡卡刺耳的声音从村子口一路响到村子尾，头顶上白花花的大太阳照射下，两个扭曲跳动的影子一前一后追逐，距离愈追拉得愈远，最后我又躲进了煤球堆中，我的地盘，我的避风港。

也许是阿婆或母亲求情吧，那天晚上蹑脚回家时，父亲板着脸坐在床边，我走到他面前只说了句"下次不敢了"，就跑到床上装睡，一夜无事。从此，我再没帮阿婆偷过花，不知道为什么，我连那条桥也再没走过，再没去过隔壁的村子。

好多年后，有天跟父亲聊到大姐第一次参加舞会，因为晚归被他打了一顿的往事时，我逗他说：“你年轻时，脾气也很坏嘛！记不记得，我小时候，你也打过我？”他想都没想就说：“你从小就乖，我怎么会打你？”他老了忘了那段往事？我不知道，但我做他儿子四十多年，确实，那是唯一的一次。

# 铁凳子

　　LuLu 老妹看完《芭蕉花》，传了个简讯调侃我："你从小就乖？我以为你从小就反骨，应该是个很难管的小孩。"我回了她一个洋泾滨简讯："I am what I was"，以示澄清。

　　"I was"乖到什么程度？有个别人讲的故事可佐证：有次老友赵怡请吃饭，我到了餐厅只见满满一桌陌生人，坐下来介绍才知道都是左营"海青"毕业的人；其中有个我老哥的同学酒过三巡后，当着满座的人泄我的底："别看他现在写文章骂这骂那的，小时候他可乖得很，跟他老哥一点都不像。"

我老哥他们那一代，战后出生的第一代，可以用"非常的眷村"来形容，比王伟忠"光阴的故事"里面那些人更有眷村味。张爱玲有本书《同学少年都不贱》，我老哥他们是"同学少年都很跩"，跩到大人们都叫他们小太保。

　　这些小太保虽然有人后来当了大老板、大将军，但当年他们中间有人敢每天揣把弹簧刀在口袋里上学；下课时偷偷放只壁虎到女生书包里恶作剧；看不顺眼哪个"BK"就找人放学后堵他痛扁一顿；礼拜天穿叩叩鞋 AB 裤到弹子房敲杆；到美军顾问团油库偷摘芒果；妈妈姐姐们迷唱《十八相送》时，他们却唱的不是"your cheating heart will make you weep"，就是"this land is mine, god gave this land to me"。有阵子村子里突然有几家儿子失踪了，其中有个我老哥的同学留书给他爸妈："不孝儿到山上找师父学武，学成后再回来孝顺你们。"当然，没隔几天他们都一身狼狈地回家了，连警察都找上门来问案。

　　我这一代的眷村孩子，不晓得是基因突变，还是社会风气丕变什么原因，几乎没一个称得上跩，"同学少年都很矬"。我老哥那代会的，我们都不会，他们一身的眷村绝学就这样失传了。像我从小到大只打过一次架，初二有个绰号叫"黑人牙膏"的同学连骂我几次三字经,我气疯了才摔椅子跟他拼命。第一次拿弹簧刀,吓得像拿凶器一样赶紧松手。我老哥到油库偷芒果,我当跟班站在树下替他把风,并且负责"收赃",把他从树上抛下来的芒果,一个个塞进汗衫里。我读大学后才学会打弹子,但到现在还学不会我老哥斜身屈膝瞄球出杆的那一招。

我老哥那代有许多人后来都子承父业进了军校,我这代的却多半都跑到台北读书,而且离开家后就像断了线的风筝,愈飞离眷村愈远。像我十八岁北上到现在,就很少遇见同村的人,偶尔见到一个,回家便加油添醋向我父亲述说一遍,许多人许多事我早忘得一干二净,他却记得很清楚:"他爸爸是跑船的","他爸爸的船被共产党打沉的";但每次我想多问点村子里的往事,他又懒得回应:"几十年的事,还谈它干嘛?"

但有个我的故事,我在眷村的糗事,他却常常谈起:我们住在第一个眷村时,他帮我买了一个小的铁凳子,每天快要下班时,我就自己搬了凳子坐在村口等他回家,但只要看见穿军服的左邻右舍的爸爸们进村,我就起立举手大喊"敬礼",久而久之全村的人都知道王家有个"宝贝"儿子;那张铁凳子到现在还放在我二姐家里，变成了传家老古董。

这么"宝贝"的孩子，虽然有点呆有点神经兮兮，谁能说他不乖？但我每次听到"your cheating heart"那首歌，仍像小时候那样隐隐有点自卑感：怎么就是跩不起来？像我老哥他们那样的跩，跩得那么有眷村味。

# 笼中鸟

　　我住的第二个眷村也不大，三百多户住家肩并肩面对面，盖在宽长约一二百公尺的长方形坡地上，像一列列并排的火车。晚饭时间，妈妈爸爸们只要站在家门口，扯开嗓子大喊一声："小牛、小虎回家吃饭啦！"声未落人未转身，不管躲在哪个角落里的那些小名叫鼠牛虎兔龙的孩子们，马上就一个个冒了出来，根本不需要"张君雅小妹妹"广告里的超大扩音器。

　　也唯其小，眷村很容易流行一窝蜂，一家风吹草动，全村风起云涌。哪天听说孟妈妈家开始养蚕，家家户户都受到感染，没多久村子附近的桑叶几乎被采摘一空。隔段时间又听说王妈妈家的老大在玩碟仙，那阵子每到晚上，村子里冷冷清清的，左邻右舍都早早关门闭户，躲在屋里跟神秘的碟仙秘密对话。后来听说玩碟仙犯法，村子里才重回旧观，大人们晚饭后又搬出藤椅在家门口喝茶摆龙门阵，麻将声重新声声入耳，连玩碟仙时好像也瑟缩少吠的狗都恢复了本性，逢人就汪汪。

但流行就像万沙浪唱的歌，来得急去得快。有阵子又流行养鸟，一种叫"十姊妹"（念成十"指"妹）的小鸟，整个村子有好长一段时间鸟声鼎沸，像个超级大鸟园。但不久后好像是因为十姊妹容易生病死掉，还是会传染什么病菌，反正突然间十姊妹也销声匿迹了。

但有一种流行，我到现在还搞不懂为什么也会变成一窝蜂。不晓得是哪一家妈妈出的主意，有天村子里出现了一位陌生人，一个高高瘦瘦长得很帅大约三十多岁的男人，妈妈们都叫他"老师"，但老师来村子里不是来教书，而是教跳舞，教妈妈姐姐们跳交际舞。

"舞老师"每个礼拜天下午来，轮流在几家教舞，每次到哪一家，那一家的客厅里一定挤得满坑满谷的妈妈姐姐们，每个人眼睛都瞪得大大的，跟着舞老师的示范动作转啊转的，被舞老师挑中一起示范的妈妈们，跳舞时的表情既兴奋又腼腆，跟平常骂孩子、拿棍子夺门而出的模样判若两人。老师的舞当然跳得没话说，尤其是他跳探戈转身时脚跟往后一勾的那个画面，真是漂亮极了。

舞老师也来过我家几次，我老妈当然是示范跳舞的女主角，那几次的记忆至今仍残存脑海：电唱机上的唱片在转动，谁唱的歌什么曲子，记不清楚了，只记得换了一身旗袍的老妈转啊转的，美极了但也陌生极了，那种感觉就像我到"四海一家"看人在舞池里翩翩起舞一样，似真又假好像掉进了瑰丽缤纷的电影世界里。

只要舞老师来的那天下午，爸爸们一定出门"避舞"，不是看见他们在村子口背着手沉默散步，就是三五成群在闲嗑牙；现在回想不禁有点纳闷：当年眷村的女权怎么能伸张到那种地步？

我父亲不但是"避舞"的爸爸们之一，他也从不曾赶过流行养蚕、玩碟仙，或者养十姊妹；说更清楚点，他是个完全没嗜好也没娱乐的人。他一生不跳舞，不喝酒，不抽烟，不打麻将；住在海边，但不曾钓过鱼；电影也极少看，我只记得他带我去看过一部于素秋演的《五毒白骨鞭》。母亲常常哼哼唱唱流行歌，但父亲只偶尔会哼几句京戏，而且从来是只哼不唱，除了"苏三离了洪桐县"这句外，他哼得最多的是"我好比笼中鸟，有翅难展"，就是这一句，杨延辉坐宫院自思自叹这一句，从我年幼时一路哼到他年老。

# 菩提树下

　　韩少功写过他村子里一个剃匠的故事，形容他手中剃刀像把微型青龙偃月刀，三十六种刀法阅人间头颅无数，刀法之妙"玩出了一朵令人眼花缭乱的花"。

　　我家隔壁住的也是个剃匠，但他的店开在离村子有十几分钟脚踏车路程的热闹大街上，再加上村里已有两家理发店，他那把微型关刀的刀法到底如何，村子里几百个人间头颅大概没人试过。

　　剃匠不是军人，为什么会住眷村，好像没人知道，只知道他晨出晚归，逢人只沉默点个头。左邻右舍哪家昙花开了，哪家买了电视，总是人挤人热热闹闹像办晚会，却从不见他家大人小孩身影。

剃匠家有全村最大的院子，靠城墙下的后院养了十几只鸡，整天咯咯咯咯跑来窜去；靠巷道的前院有半个篮球场大，院子里有棵高过屋顶的菩提树也是全村最高。

菩提树下摆了张藤制摇椅，我隔着竹篱笆，看过上千次他家女儿坐在摇椅上看书的画面，美得静得像莫内的画。也看过他家一个亲戚，在打过一场惨烈海战幸存归来后，连续几十天坐在摇椅上自言自语，泛黄树叶一片片落在他身上地上，那种凄凉诡异的画面。

住在眷村的孩子，记忆里都有一些战争的故事。我父亲打过日本鬼子，每次讲到在贵州独山看见鬼子飞机被打下来坠毁时，眼睛好像还在冒着火；他也打过八路，只要讲到他的部队被共产党打得全军溃散，黑夜里他从城墙上吊绳索跳进大江中泅水逃命那段往事，他还气得咬牙切齿。

但他讲的那些战争，时间遥远，地理遥远，听起来不像剃匠家叫老赵的那个亲戚，讲他打的那场海战，那样如在眼前的切身逼真。

我读初二那年，一九六五年，两岸间的海战特别多，多到村子里从年头到年尾，不断在谈论又打仗了又有谁死了谁受了伤。后来我查资料，才知道那一年至少发生过三次"大战"：五月东引海战，八月东山海战，十一月乌丘海战。

老赵打的不知是哪场海战，只记得他说：有天夜里，他们军舰突然被好几艘大陆舰艇追击，炮弹猛烈得像下大雨一样落下来，甲板上到处是火，到处鬼哭神号，炮管上挂着被炸断的手臂，炮台旁边被炸死好几个人，谁是谁根本分不清。

老赵本来是在船舱底下干活的，但因为死伤太多，他也跟着人抬炮弹枪弹在炮林弹雨中冲上冲下；炮手都被炸死了，无人还击，有个人冲向炮台，像发了疯一样，一面接手开炮一面大吼大叫，但没一下子，也被机枪扫射死了，老赵和另外两个人又冲上去补位，也像疯子一样一面开炮一面大吼大叫，全世界最脏最毒的三字经六字经与炮弹齐飞炸向敌舰……直到另一艘军舰赶来救援，老赵他们才死里逃生。被炸得不成舰形的那艘船，后来在港口展示，并以"台海大捷"宣扬军威。

最初几次讲这场海战时，老赵虽边讲边哭，但神智还清醒，在剃匠家门口听他开讲的人，不是听得掩口就是唉声叹气。但隔段时间，家门前已看不到老赵，只见他一个人坐在菩提树下摇椅上，早也喃喃自语，晚也自语喃喃，偌大院子里只有满地凋零落叶陪伴他。有天放学回家，听父亲说老赵疯了住进医院，再隔不久又听说老赵死了，自杀死的。

老赵走后，菩提树下的摇椅再也没人坐过，像莫内那样的画面也从我眼里消失了，只留在记忆里，像幅远看的印象派，一点一点模糊掉了。

# 城门洞

有人叫它北门，也有人文诌诌地叫它拱辰门，"为政以德，譬如北辰，居其所而众星拱之"，但我们村里的人都叫它城门洞；家里父母找小孩，"小虎又死到哪去了？"答话的人绝不会说"到北门那边去了"，说的一定是"大概到城门洞那边去玩了吧！"

城门洞是个拱形的门洞，如果用现代的语言来形容，当年这个门洞还真有点像个虫洞，虫洞的两边是两个不同的次元空间：洞北外面住的是很早以前就渡海来台的移民后代，我们叫那个地区旧城；洞南里面住的是国共内战后才随军而来的军人及眷属，那里盖了两个眷村，离城门洞较远的是我住的眷村，父母亲们来自大江南北，口音也是南腔北调；靠近城门洞的那个眷村，住民却来自同一个地区，听到的口音也只有一种，山东口音，也因为如此，在并不算大的那个村子里，包子馒头店就开了好几家。

不久前在报纸上看到一则这样的新闻："左营埤北社区旧城巷数位八十余岁老荣民，抗议军备局禁止他们在家门口种菜，在军方视察时愤而搬出瓦斯桶企图引爆，他们说：'小时候被拉进部队，为国家贡献一生，老来连种菜都不准，共产党我都不怕了，还怕军备局？大不了一桶瓦斯一根火柴，跟他们拼了！'"埤北社区这个名字，我没听过，但旧城巷就是靠近城门洞那个眷村的一条巷名。

住在城门洞里面的人，即使再不熟，也比跟城门洞外面的人要熟；旧城的孩子与眷村的孩子也很少玩在一起，即使读的是同一个学校，也不是"同一国"的人，"小虎"跟"旺仔"好像是两个不同世界的孩子；道光年间建的那道丈高城墙，不但在地理位置上分隔了旧城与眷村，在生活上也把两边的人分隔得远远的。

但我却是少数频繁出入虫洞的眷村孩子。小学快毕业前,我原来读的学校有好几班到城门洞外面的旧城小学借读,我是其中之一。那间小学是旧城的象征之一,也是"旺仔"们的地盘。借读那学期,每天早晚我都要穿越虫洞各一次,城门洞外的那口老水井,旧城窄狭的老街小巷,学校里的大树,校园里那座老旧的孔庙,至今犹然鲜活眼前。我读的初中,当年全高雄市联考排名最后的那所学校,又恰巧位在属于旧城的莲池潭旁边,村里同年龄的孩子每天早上骑车上学的方向虽不同,全村却只有我一个人要孤单地穿越虫洞而去。

但初一开学那天,我不是一个人穿越虫洞的。大清早我穿上新的卡叽布制服,背着新的书包,顶着一个青青亮亮的大光头,坐在父亲的脚踏车后座,骑过村子尾巴的幼儿园,弯到刚开门做生意的包子馒头店,穿过幽幽暗暗的城门洞,再转向旧城的老街,傍着有白鹭鸶伫足觅食的一汪潭水,一路骑到校园门口,十二岁的少年下车跟半百的父亲道再见,"好好读书",我走进校门前,听见他在后面这样的叮咛。再隔六年,我到台北读书,那天早上也是他骑着脚踏车,带我穿过城门洞,骑过旧城到火车站,十八岁的少年又下车跟将近花甲的父亲道再见,我走进月台前,他在后面叮咛的还是那句话:"好好读书。"

有人叫它北门，也有人文诌诌地叫它拱辰门，但我们村里的人都叫它城门洞。城门洞是个拱形的门洞，如果用现代的语言来形容，当年这个门洞还真有点像个虫洞，虫洞的两边是两个不同的次元空间：洞北外面住的是很早以前就渡海来台的移民后代，洞南里面住的是国共内战后才随军而来的军人及眷属。

有天上网看了许多张城门洞现在的照片，依然旧时模样，恍惚间却仿佛在计算机屏幕上看见，我坐在后座抱着父亲的腰，在清晨缓缓骑过幽幽暗暗的城门洞……记忆的虫洞好像随时都在那里开启，等着你一次又一次地穿越。

# 城墙上

村子里的人一直传说那道城墙是郑成功建的，我那时还不懂查文献求证，有好多年恍惚以为，历史课本里被视为民族英雄、渺渺远远的那个人物，曾经就在我家后院那块小小空间里，驻足过也驰骋过，或许也曾像我一样常常坐在城墙头上，望着墙下来来往往的芸芸众生，心中正盘算着什么人生大计吧？

后来才知道传说是错的。道光年间建的那道城墙，是为了防民变盗匪而建，城名旧城，高一丈四，城周迤逦八百六十丈，并有东西南北四个城门；我家后院那道城墙就属于北门的部分，城内是初建不久的眷村，城外均是原住居民，城里城外，两个不同世界。

前几天回南部替母亲过寿，吃饭的那间餐馆恰巧就在南门附近。旧城建城至今已一百八十四年，北门虽已多处残损，但仍然有墙有门，南门却是有门有楼无墙，我回去那天更看到门楼被层层鹰架等物团团围住，显然正在进行修建工程。因为南门在侧，吃饭时我大姐随口对她的外孙女讲古说："你二舅公小时候很用功哦，每天都爬树到北门城墙上读书，"然后转头问我，"你还记得小时候的事吗？"

我哈哈大笑："怎么会不记得。"我家后院那道短短几公尺长的城墙下，有颗高大的龙眼树，树倚墙而生，墙比树略矮，龙眼成熟季节，我攀树摘吃龙眼后，必跨坐墙头上发呆或读书，一坐就是许久；晚餐时如果我人不在自己房里，母亲一定会走到后院抬头向上大喊一声："下来吃饭啦！"十之八九我当时不是在树上就是在墙头上。

但我家人至今大概仍不知道，我当年用功读的并不是课本，坐在古人城墙头上，一个青涩文艺少年，读的书怎么可能会是英文、数学、三民主义？当然是叶珊的"你该不会想到百余年后的今夜，濡湿的今夜，我突然忆起那村庄，在破败凄凉里联想到你","我想到你，一个半世纪以前的你，想到你诗里的中世纪，想到你憧憬的残堡废园，像有许多凋萎的花瓣飘落在身边，浮香淡漠，夕照低迷"；或者是痖弦的"你唇间软软的丝绒鞋，践踏过我的眼睛。在黄昏，黄昏六点钟，当一颗星把我击昏，巴黎便进入一个猥琐的属于床笫的年代"。

我每天一本一页又一行，在城墙头上反复诵读这样的句子，虽然熟到可以在骑脚踏车上学途中，迎风对空一句一字大声忘情地背诵，但济慈是谁？纪德何许人？奈带奈蔼又是谁？我完全一无所知，必须要隔许久后在"大业书店"，偶尔买到《地粮》或是谁出版的译诗选集，才一点一滴找到答案。

但最懊恼的是，每次坐在城墙头上，我都会不断地幻想：如果叶珊或痖弦坐在我坐的墙头上，望我所望，感我所感，他们会写出什么样的散文什么样的诗？可每次直到夕照墙头，爬下龙眼树后，我从来就不曾想出过任何一句叶珊体或痖弦体的句子。

我的文学梦，各式各样纯情浪漫的少年文学梦，做叶珊或痖弦，当济慈或纪德，都是在那道有一百多年历史的古人墙头上做的，也是在日复一日爬树登城下墙落地的过程中，一点一滴一分一毫破灭了消逝了；到我离开村子后那几年，城墙的记忆不曾或忘，只是那个每天呆坐城墙头上做梦的青涩少年，却好像已成了上古史人物，偶尔想起来，似乎比道光年间还更遥远。

# 新天堂乐园

每个人的记忆里都有一间戏院，一个标志他们人生旅程的《新天堂乐园》（编按：即《天堂电影院》)，邱坤良的是南方澳大戏院，亮轩是长春戏院，我的是左营中山堂。

左营虽然地方不大，但戏院不少，全盛时期有中山堂、中正堂、左营、清水、观光、远东等好几间戏院，中山堂是其中最老的一间，一九五一年桂永清当海军总司令时盖的。

五〇年代初期还没有电视，看电影是民众唯一的视听娱乐。那个年代的眷村常常会放免费的露天电影，放电影那天的晚饭后，全村男女老少都搬了板凳藤椅，坐在早已架好在村尾马路上的那块白色大布幕前，等待天光暗去后电影开演；碰到起风的时候，布幕就像一张大风帆，被吹得像波浪一样左右晃动上下起伏，往往一场电影就这样晃呀晃的飘呀飘的从头看到尾。有时候人太挤，被挤到布幕后面的人，常常反着看也看完了一部电影。

到中山堂看电影却是另有滋味。那个年代所谓"新艺综合体"的电影还不多，中山堂放映的多数都是黑白国语片。妈妈姐姐妹妹们爱看文艺爱情片，爸爸哥哥弟弟们则爱看古装武侠片，每个人都爱看《五毒白骨鞭》与《火烧红莲寺》，每个人也都爱扮古装的于素秋与萧芳芳。

我爱萧芳芳，就是从小到老始终不渝，她演的电影每片必看，而且觉得她演什么都好看；不久前香港民众票选她为最值得信任的人，更证明港人台人英雄所见略同。但于素秋却很早就从银幕上消失了，数十载全无消息，不知伊人何处。

去年底偶尔看港报影剧新闻，才知道伊人如今已是八旬老妪，早已移居旧金山，为了出席他父亲的徒弟"七小福"的五十周年聚会，才专程回港曝了光。媒体描述已经八十一岁的她，"穿上长旗袍，衬着绿色披肩和绿色指甲油，艳光

　　每个人的记忆里都有一间戏院，一个标志他们人生旅程的"新天堂乐园"，邱坤良的是南方澳大戏院，亮轩是长春戏院，我的是左营中山堂。

风采不减当年"，而且"她还拥有一双如少女般的修长美腿"，恰是"认真恨死隔篱"。我上网浏览，见照片数帧，果然如同新闻报道所形容那般，便立刻下载存而藏之，虽然那个风华未减的老妇已完全不似当年人。

当然，到中山堂看电影还有许多其他附带享受，闲逛电影院旁边那条什么商店都有的坡地大街是其一，吃戏院前面小摊子卖的烤黑轮与烤包谷是其二，尤其是那碗鲜而甜美的黑轮汤，至今仍然让人魂萦梦牵如在嘴舌。

另一间戏院中正堂的记忆，却跟我二姐有关。

中正堂放映的都是好莱坞出品的西洋片，新艺综合体居多，罗马片，西部片，爱情文艺大悲剧，每部电影的剧情都是我不熟悉的故事；查尔登希斯顿，黛博拉寇儿，凯瑟琳赫本，每个男女主角的名字念起来都很拗口；那是我那个年代的人，跟西方尤其是美国的第一次接触；我老哥有位同学，六十多岁了，到现在还记得中正堂演过的每部西洋片的剧情，也还会唱每部电影的主题曲。

中正堂虽然盖在靠海边的地方，比较偏僻，也没街可逛没黑轮可吃，但设备却比中山堂豪华，而且还附设一间西餐厅，我二姐就曾经在那里工作过。每次我去看电影前，都会先去她那里逛逛，她会偷偷倒一杯粉末泡的冰凉橘子水给我，那也是我人生的第一次西餐厅记忆。我二姐穿着制服工作的模样，至今如在眼前，那是她为家里生计决定辍学后的第一份工作。

中山堂比我还老一岁，五十八年的岁月，数千部的电影，多少人的记忆；今年春节回南部听人说中山堂已经关门时，眼耳鼻的感觉刹时又回到从前，眼里看见的是扮古装的女侠于素秋，耳里听到的是电影本片放映前的海军军歌，鼻子闻到的是烤黑轮摊前飘散的那股焦香味，就像看老电影一样，一幕一景宛如当年。

那是我的《新天堂乐园》，黑白片的记忆；或者说，记忆就像是一再重放的黑白片？

# 那三年

只要不会迟到，我都会推着脚踏车慢慢走向学校；不喜欢早到教室是原因之一，但贪看薄薄晨雾中的莲池潭景色才是主因。

我读初中时的莲池潭，潭边有一路逶迤的依依杨柳，潭中处处开着莲花，莲花丛中有采莲藕菱角的一叶小舟缓缓滑过，潭面上还看得到伫足觅食的白鹭鸶。

四十多年前的这些潭景，现在都消失不见了；那天跟几个朋友临时起意到莲池潭看风景时，有人被宝塔与塑像俗艳的色彩吓到，也有人不解地问："莲池潭怎么看不到莲花呢？"我向他们叙述我记忆中的潭景，还不忘加上一句话："相不相信，我还用空气枪射杀过白鹭鸶！"

那个年代没人有保护动物的观念，很多孩子口袋里都有一把自制的弹弓，看到树上有鸟，就在路边捡颗石头拉弓射鸟；我老哥就是远近驰名的神弓手，放学回家时常常会从书包里拿出一只体温犹热伤而未死的小鸟向我们炫耀；但过几天鸟伤好了，他又把活蹦乱跳的小鸟带到树林里放它展翅高飞。

我哥打鸟是为了炫耀，但我父亲有个部下打鸟却是为了口腹之欲。他常常在放假日呼朋引伴，几个人开了一辆吉普车，一大早就杀到乌山头附近的关子岭，目的是射杀林间的斑鸠，然后烤而食之；他们用的武器可不是弹弓，而是空气枪。

我父亲这个部下有天带我到莲池潭，教我瞄准射杀白鹭鸶时，用的也是他射杀斑鸠的那把空气枪。朋友问我："白鹭鸶被你杀死了吗？""你想可能吗？"结果当然是枪声响起，众鸟惊飞，飞向我学校那个方向。

我的学校跟莲池潭只隔着一条窄窄马路，但我对学校的记忆却比对莲池潭的记忆要少很多。前几天，收到小时候同村好友靖远的一封信，信中附了一份我初中那班毕业同学录里的影印资料，除了我自己外，五十八个理着光头的同学照片，我只依稀记得不到半数的面孔，而跟他们同窗三年到底有什么生活点滴，记忆却几乎一片空白。更不可思议的是，我看了好几次我班上导师的那张照片，但怎么看都不记得曾经认识他。天底下哪有人不记得自己的导师？连我自己也不敢相信。

我的初中记忆其实只有几个不连贯的片断：梳了一个欧罗巴古头的训导主任有个绰号叫"牛魔王"，每天拿着一根从扫帚抽出来的木棍巡视校园，他很爱体罚学生，体罚方式是叫学生以双手食指抵着墙壁，然后身体往后拉跟墙呈四十五度角；有天听说他被人用麻袋套头毒打一顿，丢到校门前的莲池潭里，所幸被路过的人救起。

我班上有个同学绰号叫"黑人牙膏"，个头并不大，但黝黑结实；有天不记得他为什么看我不顺眼，脱口骂我"外省猪"，我气得抓起座椅就砸他，两个人从教室头打到教室尾；那是我人生第一次也是唯一一次跟人打架。

学校每天升降旗都有学生当司仪喊口令，当司仪的也一定是锋头人物。有一年的司仪叫卜台福，他喊口令中气十

四十多年前的这些潭景，现在都消失不见了；那天跟几个朋友临时起意到莲池潭看风景时，有人被宝塔与塑像俗艳的色彩吓到，也有人不解地问："莲池潭怎么看不到莲花呢？"

足，不输职业军人；毕业十几年后，这位司仪以一曲《生命如花篮》走红歌坛，他唱歌也像他喊口令那样洪亮浑厚。

那天在莲池潭边东张西望，想多找回一点那三年的记忆，心里也一直纳闷：我不太记得当年的老师同学，他们会记得我吗？但也许就像同行一位朋友开玩笑所说的："你小时候在莲池潭喂过的乌龟，也许现在还活着，说不定它还记得你！"我哈哈大笑，尴尬又凄然；怎么那三年就像当年的潭景一样，都消失不见了？

辑三

记忆捕手

有次我应邀去大学演讲，劈头第一句话就语惊四座："我一生最痛恨的四个字就是'生涯规划'。"

痛恨的理由很简单：我自己的一生就不是规划出来的。

如果依照主观意愿的规划，我应该当个发明家，即使不像爱迪生，起码最后也该是个失败的爱迪生；或者应该当个作家，即使不像叶珊，大不了最后也应是个落魄潦倒的叶珊。谁想到我却当了记者，而且一当就是三十多年，这个结果完全不在规划之中，而是一路跌跌撞撞几度柳暗花明走出来的。

三年前，我写过一篇文章《天宁寺闻礼忏声》，追思余纪忠先生，文章中有这样几段话：

"那天下午去八楼向老先生辞行时，台北下着雨，我一个人坐在沙发上，凝望着墙上他以特殊'余体'写的那幅字：'千金剑，万言策，两蹉跎。醉中呵壁自语，醒后一滂沱。不恨年华去也，只恐少年心事，强半为销磨。愿替众生病，稽首礼维摩。'一看再看，一读再读。

"梁启超写'甲午'时，才二十多岁，感时忧国之作，老先生何以独钟此词？提笔写字当时，又欲寄何情于任公此词当中？我不得而知，也从来不曾问过他，但'甲午'词中满溢的沮丧之情与挫折之感，我却感同身受，也正是我离开报馆当时的心情写照：两蹉跎，一滂沱，少年心事尽销磨。

"初识老先生时，我二十五岁，他六十七岁，一老一少在他书房对坐，交谈不久他就决定：'你去做《人间》副刊主编。'"

就是最后这一句话，决定了我往后的一生。

我本来是个每天坐在眷村城墙头上，凝望着悠悠白云，做梦想当作家的文艺少年，早期取了个俗之至极的笔名"云沙"，开始写诗；后来因为爱上一个祖籍湖南的同学，又取了个笔名"覃湘"，"覃"是因着覃子豪之名而来；再后来又为了向陈映真致敬，而用"陈映湘"这个名字写文学评论。三个笔名，一个俗到爆，另两个都有别人的影子，就像我即使写再多诗再多散文，字里行间怎么样都摆脱不掉别人的影子一样，这样的作家梦怎么能做得下去？

但不当作家要当什么？却又是"前路茫茫，未知何从"。走学术的路，当然是选项之一，但我先考台大史研所落榜，其后读文化艺术研究所才读了一学期，又因为俞大纲老师过世而自动休学，显然此路也不通。

正在我"晓夕思忖，心里恛惶"的那几个月，《主流诗社》的同仁羊子乔，介绍我去编一本杂志《唯迪》，英文名字叫"Valid"，但后来证明这并不是个"valid"的选择，杂志才出刊两期，老板就跑路不知所踪，我把办公室所有设备变卖一空，才勉强让员工拿了点走路钱，到现在我也只记得自己在杂志上用本名写过一篇十大性感女星的文章，我的死党张力访问过老牌电影明星周曼华，以及曹又方写过专栏。

《唯迪》倒闭不久，林秉钦找我去编《仙人掌》杂志。他是当年出版界大老，家与办公室都在台北师范后面的巷弄里；我把大学同学金惟纯、赵永茂、林国卿找来组了个编辑部，几个人几乎每天都跑到长兴街台大教授宿舍按门铃登门求稿；《仙人掌》前后出刊十二期，我只编了三期，第一期封面人物傅斯年，第二期梁启超，第三期蔡元培。

我就是在《仙人掌》上被余老先生"发现"的。他找周天瑞与王杏庆两位台大学长约我见面，三个人在新生南路台大侧门对面的"榛树林"餐厅，天南地北谈了六个小时。后来才知道，其实那是一场马拉松面试，他们是替余老先生来口试我这个小毛头到底有几斤几两。

再后来的故事，从《中时》到《新新闻》，从《新新闻》再回《中时》，那些曲曲折折幽幽明明的故事，都写在《天宁寺闻礼忏声》那篇文章里了。

# 奖
# 状

回台北前，母亲交给我一个纸袋，"里面都是你的战利品"，其中有我从小学到大学的四张毕业证书，以及十几张尺寸大小不同的奖状。

尺寸最大也最好笑的奖状是初中时期那几张，其中一张："查本校三年七组学生王〇〇，一九六六学年度第二学期，毕业成绩名列全校第八名，特颁给奖状以资勉励。"奖状通常不是该颁给前三名的吗？连第八名也有奖状，全台湾大概唯我就读的那所初中有此爱心吧。

尺寸最小的几张奖状是"救国团"发的，都是我初高中时期参加写作比赛的战利品。时间最早的一张是一九六六年，我读初二那年，"查王〇〇同志参加写作比赛初中散文组，成绩评定为佳作，特颁此状以资激励，右给王〇〇同志"。

不称同学而称同志，可见当年不只是"党国不分"、"党团一家"，根本就是全民皆我同志；但一九六八年以后的几张奖状上，"同志"这两个字已不复见，原因为何？我未查考。

当年高雄"救国团"有本机关刊物叫《高青文粹》，窄窄的长方形开本，主编是有诗人画家之称的朱沉冬，写作比赛由他负责，得奖作品也都刊登在他编的那本杂志上。我从初二开始到高三毕业，每学期办的写作比赛无役不与，也无战不胜，最起码也会拿个佳作。

我得奖的那些"杰作"，因为并未留存，写了什么全无记忆，但每次比赛过程因为都是一样，却记得很清楚：比赛地点都选在风景区，或澄清湖或炼油厂等地，朱沉冬召集各校推派前来参加比赛的学生，当场宣布比赛办法后，众人拿着稿纸鸟兽散，在风景区内或坐或躺或闲逛，看树看花看白云看人来人往寻找灵感，然后在指定时间截止前交稿回家。因此我虽不记得当年到底写过什么，但比赛过程如此，可以想见无非尽是一些为赋新词强说愁之类的东西。

奖状不称同学而称同志，可见当年不只是"党国不分"、"党团一家"，根本就是全民皆我同志；但一九六八年以后的几张奖状上，"同志"这两个字已不复见，原因为何？我未查考。

但也因为每次得奖，我这个"常胜军"便成为朱沉冬眼中的"文坛新秀"，常常受他特别提点一二。但因为他讲话有点大舌头，听他谈文学，就像读他的诗看他的画一样，我从来都是似懂非懂；我后来曾对人开玩笑说，朱沉冬虽是我的文学启蒙老师，但也是误我一生的人，就是因为那几张奖状，害我做了好多年的文学大头梦。

我第一次参加写作比赛，是我父亲骑脚踏车带我去的。他虽然从来不读文学作品，但每次我拿《高青文粹》上我写的得奖文章给他看，他总是坐在小书桌前一本正经地逐字读完，但他的读后评语几年不变，一律是"写得不错"。

得奖也让我得到许多"特权"，其中之一就是我要买杂书的钱，我父亲从未拒绝。我从初次得奖后，就对文艺书籍饥渴至极，买书的钱都是我父亲拿他的私房钱给的，他六个孩子中，唯我有此特权。

另一项特权是，别人家孩子会为了高中要读哪一组，大学联考要填哪一系，跟父母争论不休，但我因为常得奖，我父亲误以为他这个儿子将来大概只能靠笔维生，或者会成为个大作家吧，所以我高三从甲组（理组）转乙组（文组），大学联考志愿虽有八十几个可填，但我只填了六个系，我父亲都是"唯子是从"。

直到我当完兵北上那年，一边读研究所，一边在一家小杂志社工作，每月薪资仅一千多元。我父亲看我每天忙进忙出，有天他终于忍不住叹口气对我说："早知道当初就不该让你读文组了！"

如果他知道我到今天还靠笔维生，除此一无本领，作家梦更早就破灭，他也许更会后悔当年说过那么多次"写得不错"这样的话吧？但奖状误我，怨不得人。

# 青春年代

　　操场上所有人都穿着崭新的制服，一种比卡其布颜色稍暗，质料也较薄较轻，但我已忘记布料名称叫什么龙的制服，只有我一个人穿着已略显泛白的卡其布长裤，即使挤在一千多人的人群里，仍然突兀刺眼得像个异类。

　　那是我到雄中新生报到第一天的画面，那条卡其布长裤是拿我父亲长裤修改的。站在操场上听训那段时间里，我在心里不断想着：好不容易才考进这所学校，但第一天就这样出丑，以后三年要怎么过啊？

　　我读的初中是全市成绩排名最后的一所学校，能挤进雄中的人少到都可以名留校史，因此在听收音机报榜时听到自己名字那一刹那，我兴奋到把手中正抱着的小外甥往空中一抛，差点让他摔得头破血流。当年那个小外甥现在已是四十多岁的中年人，偶尔听他母亲重提这段往事，他还是难以置信：有必要这么兴奋吗？

这几年我偶尔在过年时抽空重回学校逛逛，虽然校园里空荡荡看不到一个人，但四十多年前的那所老雄中画面，却在一步一瞥间一点一滴重现眼前。

画面里有：红楼教室里像和尚念经般苦背环球英文课本单字的那些同学；满口乡音第一堂课就告诉学生"化学之分析的'之'就是'的'"的化学老师；住在学校宿舍每天早晨从楼上往下倒洗脸水的工艺老师；当过柔道选手每次上课都把我高举过头摔进游泳池里的体育老师；考五线谱像考茱莉亚音乐学院学生那般专业严格的音乐老师；对中国地理无所不知好像地图是他绘制的地理老师；以及长得一派斯文把我从理组骗进文组害我一生就此转变的国文老师。

当然，还有那栋盖在一棵盘根错节老榕树旁边的老图书馆。

那是一栋日式木造建筑，馆内灯光昏暗，地板吱吱作响，

这几年我偶尔在过年时抽空重回学校逛逛，虽然校园里空荡荡看不到一个人，但四十多年前的那所老雄中画面，却在一步一瞥间一点一滴重现眼前。

老图书馆该有的风情尽在其中；但它吸引我隔几天就要跑一趟的原因，却是那些书店里买不到的藏书。我到现在还很纳闷：在我读高中的年代，上个世纪六〇年代中期，那间老图书馆里怎么会有那么多禁书？我读的第一本闻一多的书、陈独秀的书，都毫无禁忌地摆在书架上任人取阅。

当时我虽然只是因为闻其名而读其书，并不了解他们背后那些复杂的政治因素，但光是这样的诗句"这是一沟绝望的死水，这里断不是美的所在，不如让给丑恶来开垦，看他造出个什么世界"，就足够让一颗青涩的心灵被震撼到摇摇欲坠。我的三〇年代文学启蒙地，就是那栋早已拆除只存留在记忆中的老图书馆。

老图书馆之外，雄中当时还有一栋可以做木工与金工的工艺课工场，一栋单独的美术馆教室，单独的音乐馆教室。由于有这样的教学环境条件，如果形容那时的雄中是一所有自由色彩也重视"博雅"（liberal arts）的中学，大概并不嫌夸张。

也因为有这样的自由学风，"雄中的"，尤其是编《雄中青年》的那些人，虽然偶尔拿到一本《建中青年》在私底下传阅时，心里面隐隐约约会有点妒羡的惆憾，但仍然无惧于将青涩的自我，一次又一次地投射到校刊上每一篇文章里面，每本校刊都是每个世代"青春无敌"的纪录。

　　想我现在的雄中学弟们，也像我们当年一样吧。也唯其如此，对于有些人最近指控他们在校刊中刊登《令人战栗的格林童话》是在败坏善良风俗，我那些青春无敌的学弟们此时应该学学鲁迅，横眉冷对千夫指；雄中的，惊啥！

# 水草田

听过《水草田》吗？没有？不怪你，全台湾大概没几个人听过这本杂志的名字。

四十年前，距离我考大学联考只剩半年，有天阿擘神秘兮兮地宣布："台南有几个朋友想跟我们办本杂志。"我们连详情都没问，靖远、国卿与我就点头答应加入了。

不记得是谁取《水草田》这个名字的，但大概是跟当时彭芸等几位台北高中生也办了一本叫《清流》的杂志有关吧；北有《清流》，南有《水草田》，就像阿擘在创刊前言中写的："我们希望能给这沙漠带来些种子，我们希望能为这

创刊前言中写着："我们希望给这沙漠带来些种子，我们希望能为这沙漠开垦出一块水草田。"

沙漠开垦出一块水草田。"

气魄不小吧？这本杂志虽只有薄薄六十几页，但组织阵容却毫不含糊，有发行人（但兼广告组长，可见是负责找钱的）、社长、主编以及三位编审委员，协办的是雄中写作协会、成大写作协会、南一中写作协会。台南、高雄大串连，架势不可小觑。

发行人与主编都是台南的，他们是谁？只有挂名当社长的阿擘才知道，我们几个只负责写稿，而且每个人都写得勤快至极，全本二十多篇文章中，我就写了一篇散文两首新诗，占了六页篇幅。

但那是些什么样的诗呢？"阳光在左／阳光在右／又是一个没有云悠然踱来的白日／许多眼在看风景／许多风景却自焚着"，写的是炽热干燥的夏天吗？否则风景怎么会像在自焚呢？再看另一首："当我化成一片白羽时／你们呵／你们别把视线集中在我身上／当我死后／我的遗言仍是一组冰冷的死亡"，写的是当时流行的存在主义处境吗？否则十八岁的少年懂得什么生死？

是该这样诠释的吗？我完全无法回想起写那几句诗时的心情，也难怪好多年后，有次楚玲读了我们这些人的少作，要大惊小怪地说："哇，你们当年写的是科幻文学嘛，如果一直写下去的话，说不定现在早就成了科幻文学大师了。"她在大学教文学，损人不带一丝贬味，但把现代诗写成像科幻文学，古今诗坛大概也无几人有此本领吧？

但这本满纸尽是科幻文学的杂志，却意外惹来了一场文字祸。《水草田》是校外刊物，印量可能也没几百本，但我们学校绰号叫"臭豆腐"的训导主任，有天却把我们几个人找去，像问案一样地问我们："办杂志的钱哪来的？""台南的是哪些人？"连"是不是共产党出钱"都问出口，好像三〇年代左翼作家"祸国"又历史重演一样，吓得我们这几位无知文艺少年不知所措。要不是今年已一〇五岁的老校长最后介入力保，让我们逃过一劫，谁知道这几个人如今会流落何方。

也许是因为"臭豆腐"恐吓奏效，也许更是因为没钱了吧，反正《水草田》就只办了那么一期，创刊号就是停刊号。隔年夏天我一个人负笈北上，我那几位《水草田》的兄弟们，还在红楼、植物园与篮球场间继续流连了一年。

诗与革命一样，都是青春期的产物。在回忆中检视自己一字一句留下的那些纪录时，虽然难免会羞惭于曾经混淆了热血浪漫与无知任性之间的关系，但在当文艺少年时那份不知从何而来的巨大自信心，那种从笔端流向稿纸难以言喻的满足感，大概也只有在青春期写过诗的人，即使写的是科幻诗，所能独享的吧。

"读诗不知今日事，看花犹是去年人"，手中翻着可能是海内孤本的《水草田》，忍不住改了陈寅恪诗中的几个字自嘲，并想我《水草田》的那些兄弟们。

# 记
# 忆
# 捕
# 手

其实，那天半夜在《纽约时报》网站上看到那则新闻标题"J. D. 塞林格，文学隐士，九十一岁过世"时，我虽然愣住并感伤于又一个熟识多年的名字变成了讣闻主角，但也仅此而已，并没让自己太过"伤他闷透"（编按：sentimental）而掉进记忆深渊里寻寻觅觅。

但事隔一个多月后，有天晚上跟朋友喝啤酒聊天，不知怎么忽然聊到他，整个晚上他的名字就一直梗在脑子里，回去后连着两天在书架上寻寻觅觅，但怎么找就是找不到那本书：《麦田捕手》（编按：即《麦田里的守望者》）。

我那本《麦田捕手》是四十年前刚读大学时买的，小开本口袋书，水牛或者哪个出版社的版本已不记得。我是在英文版问世一年后才出生的，也就是说十七岁的Holden Caulfield在美国家喻户晓了十九年后，才飘洋过海换了个中文名字叫荷顿·考菲尔德后，也变成了我那个年代的偶像。

塞林格《麦田捕手》当年之于我，就如同加缪《局外人》与纪德《地粮》当年之于我，虽然是不同的故事与不一样说故事的人，但影响于我却是一样；尤其是动辄满嘴狗屁混账杂种并且自称朽木的那个荷顿，更成了我那代许多人潜意识自我的一个化身。

我后来十几年虽然跟荷顿渐行渐远，但三十多岁到美国读书那一年多，却跟塞林格渐行渐近。只要报纸上偶有关于他的消息，譬如他的老情人梅娜要公布他写的信并且出版回忆录，或者有人在他隐居的小镇中惊鸿一瞥他的出现等等，我必定读之剪之藏之；那几天寻寻觅觅找书时，我也同时想从书柜里数千份旧剪报中寻找塞林格，但茫茫纸海结果也是徒然。

我也曾经一知半解读过他写的其他几本书的英文版，曾经想买梅娜的新书版权出书而未果，也曾经看到亚马逊网站宣布他即将出版新书时雀跃不已，但痴痴等了十年却竟然成空。

当然，只要跟《麦田捕手》扯得上任何关系的事，我也几乎不曾漏过。刺杀列侬的凶手查普曼，杀人后坐在命案现场冷静阅读《麦田捕手》，并在法庭上举证那本书替自己辩护；梅尔·吉布森在《连锁阴谋》中演的出租车司机被洗脑制约，只要一到书店就非买一本《麦田捕手》不可；警方调查刺杀里根的凶手辛克利时，发现他住的旅馆中就有一本《麦田捕手》；肖恩·康纳利在《心灵访客》中演的作家角色佛瑞斯特，也有塞林格的影子。

我对塞林格虽然这样始终如一，对《麦田捕手》也可以夸张地用爱极了来形容，但我有个高中同学对那本书的痴迷程度，却只能用爱疯了才能形容于万一。

我这个同学也是文艺少年，读高中时我们几个死党只会写诗写散文，只有他敢写小说，唬得我们另眼相看。他大学考的虽是国贸系，但他那时爱读两本书，一本《麦田捕手》，另一本《未央歌》，两本书都被他读烂读透。他可以想象自己是小童，爱蔺燕梅爱得无怨无悔；也可以模仿荷顿，开口下笔都是他妈的你们这些窝囊废。但更疯的是，这家伙读完一年国贸系后，竟然决定转读西语系，许多人惊讶不解，只有我们知道他是读《麦田捕手》读傻了才会如此；而且，他还替自己取了个英文名字 Jerome，跟塞林格同名。

但故事结局却又出现逆转，我这个同学后来并未变成另一个塞林格，当年他为文学而弃国贸，但大学毕业后他又做了一个疯狂决定，弃文学而做国贸，戏剧性丝毫不输塞林格隐居半世纪而不再公开发表一个字。

塞林格写《麦田捕手》时三十二岁，当年十七岁的荷顿，现在已是垂垂老矣的七十六岁老人，应该被称为"老爷爷"而非如骆以军所说的"大叔"才对；但就像每个人都只看过塞林格三十多岁时拍的那张唯一的黑白照片一样，九十一或者七十六，数字都是幻影泡沫，我们记得的他们依然是旧时模样。

# 海明威与蚊子

前几天夜读《家变六讲》，读到张霭珠与王文兴的一段对话：

"我觉得你跟海明威的创作有一些关系，可是我们（在台大外文系）上课的时候你好像从来没有讲他的作品，为什么呢？"

"我很早就上课，早先上的都是海明威……我年轻时候只读海明威，大概很早就把他从头到尾都读过……我后来避免不上海明威的意思也是说，应该脱离一下，看看别人也写得很好。但是，启蒙的确是他……"

冬夜读书，思路特别敏锐，读到这段对话时，脑海里立刻浮现出《印第安人营地》与苦苓林的蚊子。

我大学读的虽是历史系，但却选修也旁听过许多中文系与外文系的课。最难忘的三堂非历史系的课，是王梦鸥的中国文学批评史，孙靖民的莎士比亚，以及王文兴的小说选读。

王文兴老师的课好像是在台大普通教室上的，教室不小，听课的人多，系外与校外来旁听的人也不少。我旁听那学期，他教的就是海明威的短篇小说《印第安人营地》。

他为什么选这篇小说当教材？我不知道，但我的猜测是，也许因为这个短篇是海明威小说中"死亡"这个主题的原型吧？我到现在还能随口背出他当时反复强调小说末尾的那两句对白：

"Is dying hard, Daddy?"

"No, I think it's pretty easy, Nick. It all depends."

尤其是"It all depends"这句简单三个字"既虚无又存在"的英文，曾经在我内心里冲击也纠结了好长一段时间，后来甚至成为我谈问题时常挂嘴边的一句口头禅。那年暑假我到苦苓林打工，随身只带了一本书，就是厚厚一本英文版的海明威短篇小说选集。

　　我打工的工地是在黎明工专下方刚开挖出来的一条黄土路，也就是现在泰山收费站前后的那段路；住的工寮是中华工程公司在苦苓林一处稻田旁租来的一间农舍。

　　每天傍晚下工搭车回工寮后，第一件大事是洗澡，拿毛刷子刷洗掉满头满身早已凝结成块的水泥沙石；晚饭后就寝前另一件大事，就是跟房东一起烧艾草。

　　我曾经向朋友形容苦苓林的蚊子大得可以做蚊子罐头，听的人都说我夸张，但夸张归夸张，蚊子之大，大到我平生罕见，却也是事实。

　　每晚睡觉前，房东都会搬出一只超大号的黑色铁锅，在铁锅里堆满了艾草，点燃艾草后，略带辛辣气味的白烟从晒谷场上四处飘散飘进每间屋子里。我因为常抱怨蚊子多，房东也常把铁锅搬到我住的房间里，像熏腊肉一样把房间熏得烟雾弥漫。

　　但不管再怎么熏，蚊子不死，只是晕厥而已；半夜躺在蚊帐里翻读海明威小说时，死而复活的蚊子仍像神风特攻队一样，轮番直扑直刺蚊帐而来（当然又有点夸张，但却是事实），害得我经常一夜难眠，醒来无所事事，只能开灯续读海明威。古人是悬梁刺股苦读，我却是拜蚊子刺叮之赐，不得不读；一个暑假，一本厚厚的海明威，就在蚊子的陪伴下，被我一知半解地读完了大半本。

离开苦苓林后，我又读了更多的海明威，买他的书就像买披头士的唱片一样，同样的书不同的版本，一买再买永不嫌多；甚至连写作模仿他、自杀也模仿他的 Hunter Thompson，虽然怪诞透顶，但也因为跟海明威沾上边，最后也成了我爱读的记者、作家之一。

而这些我后来人生的种种，其实都跟那学期旁听的那堂课有关，也跟那年暑假在苦苓林的那些蚊子有关。人生不如一行海明威吗？ It all depends。

# 遗
# 珠

　　搞剧场的年轻朋友听说我读过戏剧研究所，觉得不可置信："真的吗？看起来不像耶！"

　　当然是真的，也当然看起来不像啊！三十多年前我在文化学院艺术研究所戏剧组读了一个学期，但短短几个月连皮毛都没学到，当然望之不像学过戏剧的人。

　　而且我读戏剧也纯属偶然。预官退伍后没几天，我就拎着一个行军袋搭火车只身北上，在火车上写了两封信草稿，文情并茂地向当时两大报的两位老板毛遂自荐；到了朋友住处落脚后，把信誊写好寄出，每天就痴痴地"等待戈多"。

"戈多"很快就来了，但带来的信息却是："遗珠之憾"。我人生第一次求职是在大一暑假，到现在的高速公路泰山收费站路段当临时工，住在中华工程公司向苦苓林农家租来的工寮里，每天工资七十五元。虽然从早到晚与水泥沙石为伍，但一个暑假就赚足了一学期的生活学杂费，成就感难以言喻。

没想到人生第二次求职，结果却成了"遗珠"。我那时的生活也真像珠子一样到处滚来滚去，考研究所乎？找头路乎？中午才决定这样，晚上却又变卦那样。其间我曾应征过建设公司的企划，也编过一本大八开的综合杂志，还写过一篇"十大性感女星"的文章，排名第一的是我当时的偶像坎迪斯·伯根。

但这种"滚动的人生"就是我要的吗？躲在我身体里面的那个小知识分子灵魂，三不五时就跑出来跟我争论。我忘了是听谁的建议，好像是一位正在读艺研所的老朋友，建议我不妨试试看。心有挫折的"遗珠"与不甘现状的"小知"缠战后，结果"小知"赢了。

当然，决定考艺研所还有另一个原因：俞大纲老师。俞老师是当时文化界的教父，艺文圈叫得出名号的人，几乎都在他的住家，之前的金山南路与之后的光复南路，听过他天南地北式的开讲。我当时私心窃想：考进艺研所后，就能忝列这样一位"谈笑间都是学问"的大师门下，那该多么虚荣啊！

但我当时对戏剧一窍不通，只看过几本《剧场》杂志，偶尔去"台映"看电影试片，在耕莘文教院看过几场话剧，"国艺中心"听过几出平剧，也曾心仪过李叔同创办"春柳社"的热血浪漫，但仅凭这点本领，大概连考试题目都看不懂吧？

在临时抱佛脚的那段考前恶补日子里，我每天抱着孟瑶的《中国戏曲史》、俞老师的《戏剧纵横谈》、姚一苇老师的《诗学笺注》与《艺术的奥秘》，生吞活唔死背，没想到老天垂怜苦读人，最后笔试口试两关皆过。

开学后共同科目在草山上课，姚老师的课在他马明潭住家里教，黄美序老师的课在淡江城区部上。我因为还继续在编杂志，因此虽然当了戏剧研究生，但平常戏看得少，书也读得不多，不像我那些同学个个以戏剧为志业，其中有几位后来在剧场与学院发光发亮，可谓良有以也，我虽然名为研究生，其实只是个半吊子，天生就不是吃这行饭的料。

但我后来辍学，却还是因为俞老师。我还没来得及修他的课，他就突然走了，"寥音阁"主人既已不在，留亦何欢？

再加上他走的前几天，我这颗"遗珠"才刚刚被余纪忠先生发现，捡进了报馆，自以为可以从此尽情放吐光华，辍学当然也就成了合理借口。

我虽然常自嘲是剧场的"遗珠"，也一直以未能成为俞老师的入门弟子为憾，但后来我勤读他的全集，"漏网光阴针孔觅"，大概也算是一种补偿作用吧。

# 四把火

《现代文学》五十周年，一群七老八十的作家重聚一堂，大家七嘴八舌忆当年，其中有两个人的话特别令人感慨。

一是白先勇的回味："《现代文学》是我们理想热情寄托的地方，也是我一生最快乐的时光。"

另一是张晓风的感叹："把一本杂志办到海枯石烂的那股热情和纯情，这个时代已经再难见到了。"

白先勇回味的"理想热情"，张晓风感叹的"热情纯情"，其实就是半个世纪前那些二十岁刚出头的少男少女，他们"肚皮里的火"（fire in the belly），没有那把火，他们哪敢踏上办杂志的那条坎坷路？

我的肚皮里，也曾经烧过好几把那样的火。

办《仙人掌》是第一把火。那年我二十四岁，满脑子都是大梦想，梦想要上接《新青年》与《文星》那个大传统，也梦想最起码要取《大学杂志》而代之。

我编了三期《仙人掌》，三期封面人物依序是傅斯年、梁启超与蔡元培，他们都是我年轻时的典范，拿他们当封面人物，其实只是我肚皮里那把火的投影。

办《时报杂志》是第二把火。当时我刚当完《中国时报》采访主任，三十岁出头，即使已退居第二线，还梦想提枪上阵搞搞小革命。

但《时报杂志》终究并非政治最前线，再加上当时右翼势力崛起，报馆已成众矢之的，老先生海内海外两面灭火犹嫌不及，哪还允许我肚皮里也烧着一把火？四个多月后，我的小革命以熄火收场，隔天我一个人南下，从恒春一路北行，下海上山流浪了半个多月。

办《时报新闻周刊》是第三把火。那一年我从弗吉尼亚弃学赶赴菲律宾，采访阿基诺夫人与马科斯的"大卫与歌利亚之战"。老先生本来计划要我留在马尼拉当东南亚特派员，我正在寻觅办公室，老先生却又收回前命，叫我回来筹办杂志。

《时报新闻周刊》是一本台湾观点的"国际新闻杂志"，杂志还在筹备期间，我就已经派出五六组人马，分赴波兰、尼加拉瓜、利比亚、泰国、韩国等地，实践台湾观点的"国际新闻采访"，花钱如流水，让老先生头痛不已。

但最让他头痛的，却是我竟然在杂志里以"法西斯"称呼老蒋，虽然那是一篇翻译文章中的用语，但老先生对蒋家就像当年张季鸾一样，骂归骂，却有个底限，"法西斯"就逾越了底限；三期后，我辞职走人。

办《新新闻》是第四把火。离开报馆后，我已准备去哈佛再当老学生，但临出国前，春男、杏庆在荣村家里连哄带骗，又把我肚皮里那把熄灭的火点燃了，答应留下来陪他们办《新新闻》。

《新新闻》当时是报纸与党外杂志以外的第三种声音，也自我定位是自由报业第一声，气魄之大与理想之高，令人不敢小觑。

尤其报道蒋经国过世那几期，杂志卖得一本不剩，连夜加印补书犹嫌不够；再加上当时包括民进党在内的街头运动，虽然几乎无日无之，但报纸新闻却语焉不详，而《新新闻》却动辄以全本半本报道，也让《新新闻》很快就站上了掌握话语权的位置。

但我这个人一向有"点金成石"的特异功能，当别家杂志负责人已经满嘴讲的都是市场、营销等商业术语时，我还满脑子残存着理想、专业等古典八股，敌进我不动，《新新闻》的困顿期于焉展开。我在苦守寒窑十八年后重回报馆，却留下天瑞等老友至今仍在苦撑待变，心中之歉然与憾然一言难尽。

三十四年烧了四把火，虽然还不至于惨到焚身以火的地步，却也庶几近矣；但我肚皮里的火完全熄了灭了吗？我没答案，我还在感叹张晓风那样的感叹。

# 小秘密

忠孝东路大陆大楼的楼下左侧，那间只有几坪大小的店好像叫"西屋咖啡"吧？他上班的温莎药厂办公室就在楼上，跟他约了中午在那里见面，想请他替一本即将创刊的杂志写发刊词。

那是我初次跟他见面。我早已读过他每一篇小说，一本香港出版的他的小说选集，更是我从不借人的珍藏禁书。他是我那个年代的传奇，文学的传奇，坐过牢的、左翼知识分子的传奇；那次见面前一年多，他才从坐了七年的黑牢远行归来。

我那时有几个笔名，其中专写文学评论的"陈映湘"，就是因着他的名字而来，可见当时他在我这个文学小青年心目中的地位，是如何的仰之弥高；跟他见面时，"陈映湘"写的一篇探讨李昂小说的评论文章，正好刊登在当期的《中外文学》上。

但请陈映真写发刊词，却是《仙人掌》老板林秉钦的主意。林秉钦是当年出版界的奇人，文化界呼风唤雨的重要推手，当代作家他无一不识，陈映真当然是其中之一。

在《仙人掌》尚未出刊前，林秉钦就已经拟好一套出版策略，包括以书的开本出版杂志，杂志包胶膜不让人翻阅，甚至还细到连标点符号要放在字的右下方，而不放在字的正下方，都要讲究。

但奇人之奇尚不止于此，他还决定请吴耀忠，陈映真的一生莫逆，画每一期封面人物的素描，有一天他更突然对我说："你去找陈映真替我们写发刊词吧！"请陈映真写发刊词？"他会答应吗？"我当然怀疑，但林秉钦却似乎胸有成竹，"你找他聊聊，应该没有问题"。

也许是早已与林秉钦谈妥了吧，我跟陈先生（我从初次见面就这样称呼他）坐在"西屋"靠窗的位置，边吃简餐

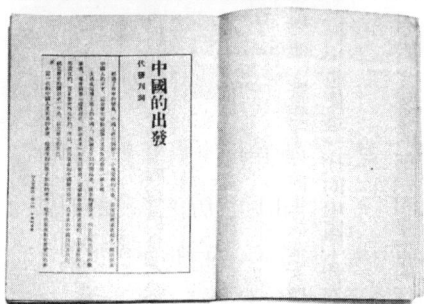

一九七七年三月一日，各地书店与书报摊都摆着一本刚创刊的《仙人掌》杂志，封面人物是"不溺富贵，不畏权势的傅斯年"，吴耀忠画的素描，内页那篇《中国的出发——代发刊词》，就是陈映真未具名的手笔。

边谈，他听我絮絮叨叨谈办《仙人掌》的理想（二十多岁的人除了理想还有什么？），只偶尔插问几句话，在谈话结束前，"没问题，我替你们写"，他那令人放心的浑厚低沉声音，至今仍在耳际。

一九七七年三月一日，各地书店与书报摊都摆着一本刚创刊的《仙人掌》杂志，封面人物是"不溺富贵，不畏权势的傅斯年"，吴耀忠画的素描，内页那篇《中国的出发——代发刊词》，就是陈映真未具名的手笔。

虽然林秉钦与我略增了一些文字，但发刊词九成九以上内容仍是陈映真的原稿：

"这一代的中国人该活得有大气魄与大信心……他不应是趋炎附势的过客，更不该是苟安老迈的归人，他是生气勃勃的起跑者。

"从六〇年代的末期开始，一连串的世局变荡，惊醒了一向生活在安稳、平静的岁月里，和近代历史事件的激情疏离的新生一代，也使这一代的中国人初次切肤地认识到全民族所遭逢的危难。

"我们希望培养一股健康的、谦虚的、关心的、建设的创作和学习的作风。不做狂狷之语，不做夸夸空论；不虚伪地互相标榜，不恶意地党同伐异……形成一个谦虚而诚实的新兴的文化力量。"

那期杂志加印了好几次，创下台湾杂志加印的纪录。陈映真后来还在《仙人掌》第五期具名写了一篇长文"文学来自社会反映社会"，但我编完第三期就已离开，接编《仙人掌》的是我的同学金惟纯。

多年来，有些朋友误以为《仙人掌》发刊词是我或惟纯写的，其实我们那时都刚退伍，就像自己所形容的，"满脑子都是浆糊"，哪能写得出那样的文章？在文化界为陈映真创作五十周年举办各项活动前夕，写下这段三十多年前的小秘密，并向陈先生致敬。

# 狗不理坡

这几天重读八〇年代美国政治，从书柜里翻出好几本一九八五年《纽约时报》与《华盛顿邮报》的剪报，那些泛黄的旧报纸，记录了当年的美国政治，也有我在"Copeley Hill"一年多的回忆。

"Copeley Hill"是弗吉尼亚大学学生宿舍所在地的地名，但这么美丽的一个英文名字，却被也曾在这里读书的卜大中，取了个难听的中文名字"狗不理坡"。但难听归难听，却传神至极形容了留学生在异乡苦读的生活，有时候真的孤单到连狗都懒得理你。

我到弗大是"奉命留学"，奉余先生之命出国。在我之前天瑞奉命到匹兹堡，信疆奉命到威斯康辛，报馆当时有人戏称我们三人奉命留学，就像是古希腊时期的"贝壳放逐"。

这三所大学变成我们的"放逐地"，都是余先生决定的。当时匹兹堡有许倬云教授，威斯康辛有刘绍铭教授，弗吉尼亚有冷绍烃教授，他们三位都是余先生的海外旧识，余先生一通电话，就让我们三人变成了"老留学生"。

我到弗大本来只是访问研究，在狗不理坡有间宿舍，图书馆有张桌子，但到底要访问哪里研究什么，余先生没要求，政治系也随我意，但我还是选了两门课，一门美国外交，另一门是冷老师的"国际事务中的中国"。

冷老师是华人在美国的知名学者，出身弗大的冷门弟子，许多人现在已是台湾政学两界的顶尖人物。我那年选他的课时，同班只有五个博士生，其中四个来自台湾，因此有人曾开玩笑向冷老师建议，以后上课干脆讲中文算了。冷老师虽不是口若悬河型的学者，但"桃李不言，下自成蹊"，冷门弟子对他莫不尊重感恩。

大概因为我当过记者又是老留学生吧，冷老师对我也特别照顾。他请外地来的学者吃饭，偶尔也会找我作陪，让我长长见识；连我的生活琐事，他也常打电话关心，我搬到狗不理坡后，屋内的窗帘等布置，也都是冷师母帮我处理。

在弗大那段日子，也是我一生读书最多也最认真的一段时间。虽然我当时的英文不太灵光（现在也没好到哪里），上课像鸭子听雷，每堂课的笔记只能支离破碎记个两三页，但我每天抱着厚厚的洋文书苦读，一本出国前靖远送我的《远东英汉大辞典》被翻到脱页脱线。

每天晚上从图书馆读完书回狗不理坡后，又开始我的读报时间，《纽时》与《华邮》每日必读；前几天从书柜里找到的那几本剪报，就是在狗不理坡宿舍里，靠剪刀和胶水一张张留下来的读报纪录。

当然,狗不理坡的晚上也是我的"中文时间"。翻翻《世界日报》（"美洲中时"当时已关报），听听蔡琴、邓丽君，跟台北通通电话，偶尔也跟邻居那几位台湾留学生喝喝啤酒，聊聊台北政坛的恩怨，以及留学生之间的是非八卦。

但狗不理坡的生活，经常是"名副其实"，"收到台北寄来的三本书，以及两卷李国修与李立群录制的《那一夜，我们说相声》录音带。半夜躺在床上戴耳机听，听到有趣处，一个人禁不住大笑出声，像个神经病，孤独的神经病"。

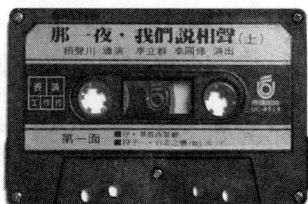

"收到台北寄来的三本书，以及两卷李国修与李立群录制的《那一夜，我们说相声》录音带。半夜躺在床上戴耳机听，听到有趣处，一个人禁不住大笑出声，像个神经病，孤独的神经病。"

这是当年六月所写日记中的一段话，好多年后我告诉国修这段往事，他也忍不住大笑，不相信有人"哪会孤独成那个样子？"

我离开狗不理坡后，就不曾再回去过，跟冷老师也只有在台北见过一面，偶尔从他在台北的弟子处间接得知他一些消息；几年前读陶涵（Jay Taylor）的书，其中有一段写冷老师曾去北京见过邓小平，邓请他传话愿意派杨尚昆与李焕晤谈，我也才知道另一个身份是严家淦女婿的他，竟然也当过密使。

冷老师故去多年后，两岸的惊涛骇浪已渐平息，他虽不及亲见，但也应含笑于天上吧。

# 火成岩

　　儿子从东部单车纵走两百多公里回来，听他疲累但兴奋地述说路途见闻时不禁感慨：好一个年轻又澎湃的生命！

　　年轻又澎湃的生命就像潜伏在地壳下的岩浆，炽热火烫，滚滚奔流。而岩浆是不安于地底的，只要一寻找到地壳脆弱的裂口，就会骤然冲壳而出，在地表上留下一个又一个凝固的记忆。

　　年轻又澎湃的生命也一样，随时都在寻找出口，都在等待冲壳爆发的那一刻；一趟逼近体力极限的纵骑，一首诗，一段爱情，都是像岩浆一样的生命窜喷后流下的纪录。

地表上随处可见岩浆留下的纪录，人的生命地壳上也到处看得到冷却后凝固而成的火成岩，它们形状不同，大小不一，颜色各异，但都记载着各自的故事。

地质学家研究火成岩，可以推断出它形成的时间与原因；人在回忆时，也像地质学家在检视火成岩，而且不断地找到答案：原来是那个年代哦，原来是这个原因啊！

在我年轻又澎湃的生命遗址上，也残留着许多这样那样的火成岩，其中有诗，有爱情，也有比爱情与诗更古老的友谊。

有天跟国卿聊天，两个将近花甲的老人，像跑马灯一样从高雄聊到王文兴再聊到《都柏林人》，我突然没头没脑话锋一转："我还记得你高雄家的地址。"一字未错背出后，他吓了一跳但立刻接口："你家地址我也记得。"背得也完全正确，两个老头哈哈大笑，互相调侃脑袋还没报废。

为什么四十多年后，还能那么清楚记得一块早已湮没久远的门牌号码？国卿的回答是："你忘了我们写过多少信？写过多少遍彼此地址？"为什么会写那么多信？"那时年轻啊！有太多话想讲，有太多想法不吐不快，碰不到面，就只能拼命写信了。"写信，就像是年轻又澎湃的生命寻找到的我们那个年代的文艺青年，在写诗写散文之余，也都是写信达人；
我加入的《主流诗社》，就曾在每期诗刊上开辟书简这样的栏目，
专门刊登同仁之间互论文学的通信。

一个出口。

读高中时我们四个死党：国卿、靖远、阿擘与我，既是同学，也是文友。学校篮球场，大业书店，书店附近的巴西咖啡屋，百货公司后面巷弄里的清真馆，以及爱河前面高雄女中的校门前，都是四个人放学后经常出没混迹的所在，也是四个年轻又澎湃的生命像岩浆一样任性奔窜的所在。

碰到寒暑假，写信就成了另一种奔窜的方式。那些信皆非问候之语，不是抒发，就是倾吐，其中必有人生、文学、理想与苦恼，也一定会偶尔夹杂着像里尔克、瓦雷里、王尚义与叶珊这样的名字。而那些透过文字的抒发与倾吐，有时候比在巴西咖啡与清真馆里的对话，还更真实复杂，当然也常常因晦涩难明而犹如喃喃自语。

其实我们那个年代的文艺青年，在写诗写散文之余，也都是写信达人；而且书简在当时也是一种特殊文体，我加入的主流诗社，就曾在每期诗刊上开辟书简这样的栏目，专门刊登同仁之间互论文学的通信。我那时特别爱读阮义忠的信，他那一手漂亮的文字以及粗线条画的插画，至今仍然难忘。

直到我一个人北上读书，我那三个死党仍续留南部后，南北通信的频率更有增无减，多到"比男女朋友写情书还勤快"。但写信写到四个人中间后来有三个人当了记者，每天有写不完的新闻稿，另一个人当了大学教授，每天也有写不完的板书与论文，这样的结果，就不晓得到底是老天爷赏饭吃，还是老天在惩罚人。

那些信当然早已灰飞烟灭，但就像记忆遗址上的火成岩，记载着年轻又澎湃的生命，曾经像岩浆一样奔窜喷发的那段上古史。

# 四〇七宿舍

　　如果不是那行标题，"清大退休副教授和女友永别了"，我一定会漏看那则社会版的新闻。

　　新闻内容是：北二高香山路段，一辆南下联结车疑因爆胎失控，撞断分隔岛护栏弹飞到对面北上车道，三辆车闪避不及被撞，二死四伤，死者之一是唐国英，五十九岁，清大退休副教授。

　　不必查问，我也知道新闻中的唐国英就是我大一同班同学，在四〇七宿舍同住同读同欢一年的那个唐国英。

　　元月二十六日那天上午，他带着比他小七岁的女友开车北上，新闻说"车祸现场惨不忍睹，喜美轿车几乎变成一团废铁"，社工人员在他身上手机找到他父母电话，拨通后，高龄父母因重听，任凭社工喊破喉咙，还不清楚儿子已不在人世。

四十年前，政大在醉梦溪畔盖了好几排学生宿舍，每排七间，都是平房，四〇七是最后一间，也离溪畔最近。当时每间宿舍都有八个床位，四〇七里的八个人都读历史系，两位学长，其余六人都是大一菜鸟。

最老的学长是大四的老毛，他是四〇七的老大，带我们喝酒、唱摇滚，教我们把马子，偶尔也会写几句像"太阳昏倒在大树下，月亮患了黄疸病"这类的歪诗，骄其学弟；当然，他也会在酒后带我们站在醉梦溪的石桥上一字排开，"左线预备，右线预备"，向桥下"集体射击"。

次老的学长是黄宝，他是美浓人，写得一手好散文，而且还发明了一种翻书看页码打纸上棒球的独门游戏，常常一个人坐在书桌前玩得不亦乐乎，偶尔还会来段跟真的一样的"实况转播"。

其余六位菜鸟中，唐国英来自台中，人长得不高却很帅，书架上摆了本英语笑话，常常一个人读得哈哈大笑；他比我们年长一、两岁，同是菜鸟，但他却是老练世故的菜鸟。

金匪家住台北，每天练毛笔字，据说是为了磨练心性，但显然练毛笔效果不彰，他还要常常抱着足球，一个人在大雨倾盆的操场上疯狂踢球，以收磨练之效。

赵匪从土库来，我刚踏进四〇七那天就被他吓了一跳，他坐在床上，全身通白，白麻纱的内衣裤，脖子手臂擦了一身痱子粉，手里还摇着一把白色羽毛扇。

阿勇跟我都来自高雄，他一身横练功夫，跆拳上段，从宿舍到教室上课途中，动辄兴起飞踢，沿途树木都遭过他的毒手毒脚；我当时很羡慕他可以坐飞机南北来回，不像我要搭火车受六个多小时的罪。

战棍从屏东来，他有此绰号，就是因为他独钟战史，每天拿破仑来、克劳塞维茨去的，好像真是一代战神，其实他瘦得像根竹竿，一阵风就可以把他吹倒。

四〇七是我们的未央歌，人生转折点，知识的启蒙地。过去四十年内，老毛当过"统联"的"毛主席"，已从大学退休，但仍在私校兼课，教西洋摇滚史。黄宝成了社区报祖师爷，回乡至今，去年丧妻，不久前才写了本新书，献给他的妻子也是他的学妹，那个"永远美丽的'砖仔地姑娘'"。

金匮当过《商周》老板，杂志界的风云人物，目前正在筹办网络事业。赵匪跟我当年一起转学台大后，变成学界的地方派系专家，现在学官两栖，既当台大社科院院长，又兼"公投审议委员会"主委。

战棍不当战神久矣，有段时间在电视上当股神名嘴；阿勇回高雄办过杂志，也开过出版社。唐国英本来是六个菜鸟中运气最好的一位，东亚所才毕业就进到清华，没想到他却是最早走的一个人。在当天的车祸新闻中，他的清华同事说他是很受欢迎的好老师，六年前因脑水肿不愿占着职位而请退。

四十年前的四〇七，八个年轻人，曾经自以为"共谈学术惊河汉"，如今却是"回忆当时倍惘然"；但如果我没看到那则新闻，即便惘然，也不至于如此凄然。

# 日
记
梦

年轻时写日记，就像在练习写作。

一九七三年四月十九日：

他的弟弟捎一信来，末尾言及他的母亲目前正微恙于床。他的弟弟要他下次写信回去时必须提及问候之意。

于是，他摊开稿纸，书信予其母，云："……看弟弟之来信，知您近日身体不适，十分地挂念，希望病情不至严重，家里大小琐事悉可交付二姐处理，您就憩息一段时间吧……"

封上信，下楼，正有一着绿衣邮差启箱取信，他遂交信于其，感觉充分解脱的舒泰。

一九七三年五月一日：

下午，他接到一封由他的二姐寄来的信件，他在阅后觉得很不畅快。

他走在一条两旁长满七里香的路上，此时每一间教室里都坐满了听课的人群，因此四周是异常的清静。

经过礼堂，他停止于一排大王椰树间隔的草茵地上，他的二姐的来信仍然握在他的手中："二弟：来信已收到，甚念。妈最近身体欠佳，现在医疗中，我会尽我一切的力量来照顾妈，请放心。"

"我一直盼旭日出来，但不知要等到何年何日，唉，但愿上苍可怜我，让我平平安安地度过此生，我也就心满意足了。我只希望你能立大志、成大器，我心中也无憾了。"

他的母亲生病了！他痛苦地想象那会是怎样的情形。平素，他的母亲身体一向十分健朗，十多年从未生过任何疾病，虽然她每日仅食两顿，且每顿只吃三分之二碗的白饭。

他的二姐较他长两岁，但所负的苦难却不是他可揣测的。他初中毕业那年，父亲退役所得的几万块钱被朋友骗尽，他家道顿衰。他的二姐是时正读高中，为了挽救濒临垂危的家庭，便毅然辍学就业，将全部的愿望托付于他一人身上，冀望他于未来能重振门楣。

**一九七二年四月三十日：**

下午一场大雨，暑气全消。在他高中尚住在家里之每一个雨季，也即是他生活得最愉悦与充满意义的月份。

夜里，他的父母亲与弟妹通常皆在九点左右便各自回房，且转瞬间均已呼呼大睡。那时他的父母业已分床且分房而睡，他的妹妹与他母亲共享中间的一房一床，他的父亲便与他及他的弟弟共享最后的那间房屋。他的父亲独自睡在窗后靠书桌的一张双人大床（当时他即已体会到他父亲的孤独），他与他弟弟睡一双层铁床。

由于此屋的屋面之上尚铺盖一层黑色的油布，因之雨水落于其上便会发出响声。雨势弱时，其声如掷扔一把细沙于其上，雨势急时，则如满天落下小石子。他常阖书竖耳倾听雨声，偶尔灵感来时，他也做几首短短数行的新诗，写完，他便偷偷地收藏于抽屉之内，深恐被他父母窥见。

次晨，他的父亲起床时，经常发现他伏在桌上睡着，而带着责怪的怒气摇醒他。

这样怪异的日记我写了好多年，从大二写到当兵；每篇日记中的"他"，其实就是"我"，而且日记中所记载的，也都是当日确曾发生之事，以及因此事而有的种种联想。

但当时之所以会用第三人称写日记，就是为了要练习写作，尤其是练习写小说的技法，好像一旦站在"他"的位置上，就可以全面观照到"我"每日生活中的点点滴滴琐琐碎碎。而且，日记的字里行间到处都看得到陈映真与王文兴等人的影子，当然，只是影子而已，而且是既拙劣又扭曲不成其形的影子。

这样的日记在我穿上军服后，便成了"绝响"；在日记上做了那么多年的梦，作家梦，特别是小说家梦，也终于大梦乍醒，"我"的"他"，从此就不曾再在日记本里出现过。

# 剪贴簿

　　成名的作家通常都会悔其少作，严重者甚至不惜毁其少作，一把火就把自己的少年十五二十时烧得灰飞烟灭，干干净净不留一点让人追索的蛛丝马迹。

　　像我这种既未成名又非作家的写作者，对少作虽然偶尔会像鲁迅说的那样，感到"愧则有之"，惭愧自己写得不好，但却从不悔其少作，而且珍之惜之，甚至还不遗余力搜之罗之，即使写的是满纸荒唐言，也唯恐遗漏掉片纸只字，而让自己曾经有过的哪一段记忆留下空白。

　　重读少作，其实就像跟年轻的自己在某个时空不期而遇一样，"啊，那是我吗？"感觉既陌生又熟悉；尤其是每读一行印成铅字的诗句时，那个原本藏在字里行间的年轻灵魂，就像精灵一样突然跳出来站在你眼前，跟你四目相对，让你躲无可躲，"那是我吗？"的怀疑，立刻就变成了"那真的是我啊！"的惊叹。

去年初，开始整理自己过去十几年断断续续写的日记时，就常有这种难以形容的感觉；前几天偶然找到一本早已泛黄的剪贴簿时，更恍惚像掉进倒流的时光中，跟那个坐在书桌前一字一行琢磨诗句的年轻自己，一次又一次地打照面。

剪贴簿的第一页，剪贴了一张忘了是谁画的插画，旁边用黑色原子笔工工整整写了一行方块字："一九七二年作品"，里面是我二十岁那年写的二十几首现代诗。

那一年我对诗人或者说作家这个身份，仍然怀抱着强烈的野心。我会在半夜圈读《史记》时，突然神游到叶珊笔下的济慈那个年代；会坐在文学院教室里上俄国史时，埋头重读不记得读过多少遍的《卡拉马佐夫兄弟》，陀斯妥耶夫斯基当然比恐怖的伊凡对我更有吸引力。

我也会去外文系旁听希腊神话，"当我读罢冷冽的神话

／掩卷后病床／普西顿／我将缠身于你额顶纷乱的水藻／游涉在你不安的静止中／犹如不识星座的羔羊"；去中文系旁听诗词歌赋，"沾满花香的蹄声行过漫漶的界碑时／淘尽了腊月江边的赋声／那季节清晰可闻／野菊折颈的声响惊醒西山久蛰的虫鸣"，每一次学习所走过的那段漫长崎岖路，都可以在每一首诗的字里行间找到摸索模仿的痕迹。

每天深夜坐在书桌前的那个二十岁的年轻人，当然也会编织着爱情的故事，"我刚从山中听僧们诵经回来／衣袖上沾满淡淡的檀香／以及几声木铎／走过姑娘住的青石巷口时／我偶然一抬头便看到／黄昏像一朵硕大的罂粟花在我的天空里／开得好灿烂的一片晚霞"，每句诗都像是写给恋人的情书，爱恋浓得已非白话文所能形容于万一。

那一年是我写诗写得最勤快的一年，《主流》、《龙族》、《山水》、《水星》、《诗队伍》，这些早已变成历史名词的诗刊上，都有我的少作。那本剪贴簿就是在那年寒假快结束前剪贴完成的，剪贴的最后一首诗刊登在《龙族》上，"东行／此去万水翻腾花惊落／西行／此去千山喧哗云折翼／烟云山水蓦然哀怨了一声／消失在十里百里外的焚烧里"，写完这首诗后，我也从诗坛消失了，消失得比流星还快。

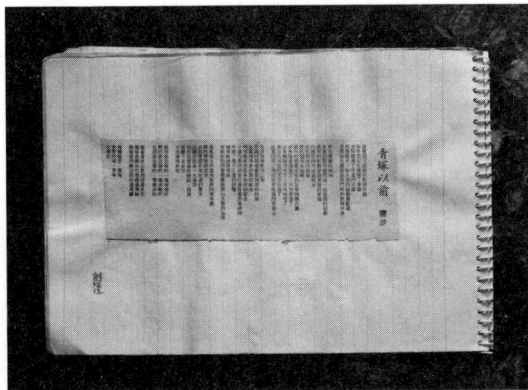

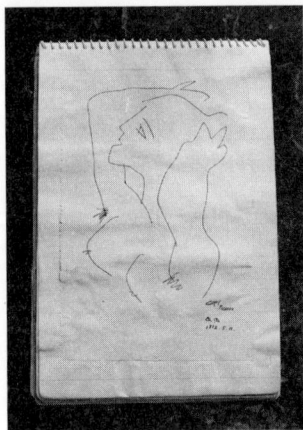

偶然找到一本早已泛黄的剪贴簿，恍惚像掉进倒流的时光中，跟那个坐在书桌前一字一行琢磨诗句的年轻自己，一次又一次地打照面。

原因是什么？很简单：君非叶珊，此一起码认识之必要。

那本剪贴簿就像是一个告别的手势，向少年告别，向诗人告别。

# 穷故事

汪曾祺在他那本《无事此静坐》书中，有几篇写他在昆明西南联大读书时的故事，其中他的短篇《未央歌》，写战火中大学生吃东西的那些片段，我读来尤其感兴趣。

他用"落拓到了极点"、"一贫如洗"形容他当年的生活，有时穷到没钱吃饭，就卧床不起。他的同学朱德熙（后来当了北大教授）有次夹了一本字典，到他屋里叫他："起来，去吃饭！"饭钱哪来的？卖字典来的。卖书买食，可见真穷。

吃什么呢？联大食堂里学生吃的饭是"通红的糙米"，而且饭里有沙粒、耗子屎；吃饭时八人一桌四菜，菜多盐而少油，常吃的菜是煮芸豆，还有一种叫蘑芋豆腐的灰色的凉粉似的东西。

但别以为他们天天只吃"八宝饭"。因为昆明多菌类，现代人视之为佳肴的牛肝菌，汪曾祺就写说"连西南联大食堂的桌子上都可以有一碗"。他还吃过另一种中吃不中看的干巴菌，"颜色深褐带绿，有点像一堆半干的牛粪或一个被踩破了的马蜂窝"，但把干巴菌"撕成蟹腿肉粗细的丝和青辣椒同炒，入口便会叫人瞠目结舌"。当过《人间》主编的陈怡真有年到北京，汪曾祺在家里请她吃饭，就曾炒过一盘干巴菌，汪老说"她吃了，还剩下一点，用一个塑料袋包起，说带到宾馆去吃"，可见真是好吃。

而且，联大学生爱泡茶馆，穷学生泡茶馆一泡就是半天一天，"泡一碗茶，吃两个烧饼，看书"，或者"一边喝茶一边吃两块点心"，有点闲钱则去一家小酒店，"要一碟猪头肉，半市斤酒"；汪老说泡茶馆对联大学生影响很大，其中之一是"可以养其浩然之气"，"用来对付恶浊和穷困"。

连跑警报时，联大学生也不忘吃。恋爱中的男同学在路边等女同学时，"提着一袋点心吃食，（里面有）宝珠梨、花生米……"；躲警报的马尾松林里，也有小贩一听到警报声，就挑着担子来卖零食，学生们一边吃丁丁糖（麦芽糖）、炒松子，一边等空袭结束。

我读大学时虽然不像汪曾祺那样穷，但也穷到每学期拿着一纸清寒证明书注册，穷到常常有好几天没钱吃饭只喝水充饥。

我父亲那时每个月汇五百块钱给我，这些钱要付房租、吃饭与买书。当时吃自助餐，一蛋一肉一蔬一饭起码五元，一瓶可口可乐五元，一本薄薄的张爱玲的《流言》定价二十元，一本盗版的郭湛波的《近代中国思想史》定价港币二十八元；即使再省，每个月都有几天穷到口袋空空。

但在口袋空空之前，我的求生之道是，先去买一箱生力面（第一代生力面，有鸡头商标那种）置于床下，每日只吃两餐，每餐另买一个一块钱的杠子头，撕块泡于面汤中；等生力面也吃光，则持壶到政大靠校门口教室走廊上的饮水机取水，白水配杠子头，但由于胃囊空空，水落胃时常常咕咚作响。

当然，就像汪老一样，一旦有点闲钱（我的闲钱来自稿费），汪老是泡茶馆小酒店，吃广东老太太卖的煎鸡蛋饼，以及茶馆卖的装在玻璃匣子里的核桃糖，我则是泡台大附近

"我们的"咖啡屋养浩然之气，到道南桥边的广东饭店吃几餐滑蛋牛肉饭，偶尔也去西门町烟摊买几根"散烟"，或者买瓶竹叶青揣在夹克口袋里上指南宫学古人夜游。

那四年吃了太多箱生力面，积了太多防腐剂，吃到快成了木乃伊，所以后来我只要一闻其味就掩鼻急走。哪想到一九八五年刚到弗吉尼亚又当老学生的头两天，当地大雪，我困在国际学生宿舍里动弹不得，那两天吃的却又尽是生力面，面是路经纽约时曼玲嫂替我准备的。屋外大雪纷飞，屋内一人独坐，几包生力面吃得一干二净，也吃得我老眼矇眬。

# 送你到彼岸

　　礼拜天下午才去过"二殡"，向一位好友九十岁的父亲告别，晚上回家打开计算机信箱，看见收件匣中宏治传来的一封短讯，主旨只有五个冰冷大字：元辅过世了。

　　宏治说："元辅是上午十点在罗东圣母医院病逝的。"那个时候我应该正在读《初夏荷花时期的爱情》那本书最后一章"彼岸世界"的最后一段：

　　"我留下我的歌曲，呼喊你带我过渡。"

　　"你，自由了？"

　　元辅走的时刻，大概正是我掩卷感到有点伤感，却又困惑作者究竟要留下什么样歌曲、要过渡到什么样彼岸世界的那个时候吧？

我跟宏治通过电话后，一夜难眠。十几个小时前，元辅才刚踏上走向彼岸世界的旅程，我想的却尽是他在此岸世界四十五年的种种，尤其是那短短四年里我跟他以及他那些朋友们的种种。

初见元辅时，站在我眼前的是一个个子高高大大，神情有点冷有些孤僻，说话不多速度有点慢，才二十五岁刚退伍的年轻人。"这个人真搞过学运吗？他适合做新闻工作吗？"我当时内心里曾有这样的诧异与疑惑。

元辅是学运世代的，他们那个世代的人，尤其是在台大读书的那些人，跟《新新闻》有种特别的感情，有些人后来还进入《新新闻》工作，元辅也是其中之一。他最初做的是文字编辑，那种只留其题却不见其名的新闻幕后角色。

九〇年代初期不仅是台湾政治翻天覆地的年代，也是学运狂飙的年代，《新新闻》的黄金年代。元辅的同学中有人在街头写历史，也有人在《新新闻》上纪录历史，他们都留下了自己的名字，好在元辅是个能耐得住幕后寂寞的人，甘于当个无名编辑；再加上他从高中就开始写诗，诗人驾驭文字的本领本来就高人一等，因此他很快就抓到文字编辑这个角色的诀窍，我那时还偶尔夸他下的标题不比当年商禽在《时报周刊》时逊色，元辅总是傻傻地笑说："我哪比得上他！"

那几年《新新闻》截稿总要熬通宵，有时候我看他半夜坐在桌前拿着我改过的标题发呆，我当时不知道何以故，后来才知道他是在推敲比较我和他下的标题的差异；他在出版的第一本书的后记中曾经说我是他的"文字师父"，在扉页签名落款也自称是"受教与受宠的罗叶"，都让我很感动，但感动的是他的虚心与伦理，而不是对我的谬赞。

在《新新闻》工作大概四年多后，元辅决定辞职，他告诉我的理由是身体不好，辞职后不久他果然就动了脑部手术。后来几年我断断续续听到他的消息，几乎都是跟他健康有关，都是令人沮丧忧心的消息。这几年他更被长期洗肾所苦，医院就像是他另一个家。

我最后一次见他是在去年十一月中旬，小戴在点水楼请吃饭，元辅带着他的太太同来，在座的还有宏治、金蓉、介民与淑雯，都是他当年的学运老友。分手前，他站在忠孝东路边还告诉我一个尚未发表的好消息：他得到《自由时报》文学奖的新诗首奖，我当时还开他玩笑："台湾的文学奖都被你得光了！"怎么会想到六十天后，他就带着他人生最后这枚文学勋章过渡到彼岸去了。

"若有音乐／哼我爱听的那曲／若有醇酒／斟我嗜饮的一杯／也许为我出薄薄的诗集／但不必写长长的序。"

"若有久别的朋友来寻／请转告他们我去哪里／此后可有人间的消息已无妨／我只是挂念你。

这是元辅二十四年前写的一首诗"遗书"的最后两段。他走后隔天早上，我从书架上拿下他的书翻到这一首诗，在心中默默反复诵读，送他到彼岸。

罗元辅，笔名罗叶，一九六五年生，二〇一〇年元月十七日上午十时，病逝于他的家乡宜兰。

附录

# 天宁寺闻礼忏声

## 常州的故事

常州，天宁寺。

学戒堂前的小广场上，居中一座龙形太湖石，碑文上记载已有千年历史。大石底部四周一丛一丛鲜黄耀眼的菊花，在江南四月初冷冽的空气中绽放；听说是为了早上的诵经法会，连夜赶工栽种的。

七年前，老先生的骨灰从台北飘洋过海暂厝此寺，九十三年前呱呱落地的常州婴儿，结束了他海外漂泊五十三个寒暑但丰富显赫的旅程，在天宁寺里等待他归乡的最后一里路。七年后，千年古刹偏西一隅的学戒堂内，这天早上又办了场法会，纪念他百岁生日。

"常州天宁寺闻礼忏声"，一九二三年，当时年仅二十六岁的徐志摩，参访有"东南第一丛林"之称的天宁寺后，在《晨报》副刊上写了这首散文诗："我听着了天宁寺的礼忏声！""这一声佛号，一声钟，一声鼓，一声木鱼，一声磬……解开一小颗时间的埃尘，收束了无量数世纪的因果"；"在天地的尽头，在金漆的殿椽间，在佛像的眉宇间"，"在梦里，这一瞥间的显示，青天，白水，绿草，慈母温软的胸怀，是故乡吗？是故乡吗？"

徐志摩写这首诗时，老先生才十三岁，刚从武进县的武阳小学毕业，这个年纪的孩子当然不知故乡为何物，更不知归乡在何期。

八十六年后，二〇〇九年，常州天宁寺又闻礼忏声。老先生的黑白照片供在学戒堂右侧角落的案桌上，堂内檀香气味四处缭绕，十位大和尚踞坐垫上合声诵念地经，一声佛号，一声钟，一声木鱼，一声磬。江南四月初的冷空气冷得让人直打哆嗦。

但凤凰山上比古刹还冷。从天宁寺到凤凰山，沿途都看得到一田畦一田畦的油菜花，鲜黄耀眼犹胜寺中菊花，有人把眼神从车窗外转回来："老先生最爱这种花，当年告别式舞台上摆饰的就是油菜花。"但从山脚沿阶上行后，却是举目萧凉；清明将至，石阶左右，此处彼处不知名常州人的墓前，已有纸钱的灰烬与尚未灭熄的束香。山顶上，百坪面积大小的老先生墓园虽然挤满了人，白花花的阳光也照在身上，但冷风却在脑后直窜，一堆人缩挤一处，松树、柏树与枫树散植四处，七年前上过山的人说："这些树长得好快！"

　　追思仪式依序进行着，家属祭拜，常州市人民政府祭拜，江苏省台办祭拜，南京大学祭拜，东南大学祭拜……上香，献酒，鞠躬，跪拜，不一样的人脸上不一样的神情，碑前大铁锅里的纸钱灰烬越烧越多，树梢上的阳光愈移愈亮，风却愈吹愈冷……当司仪念出"《中国时报》老同事祭拜"时，从上海、苏州、台北赶来此地的三十多个人，面对着石做的墓碑三跪三叩首……站在行列中，当年那个编家庭版的人快七十岁了，管印刷厂的现在已成了全报馆年资最深的首席元老，编《人间》副刊的小青年再过几年就将是花甲老翁了，管发行的现在苏州管工厂，在台南跑新闻的这几年住上海的时间比台湾还多，晚报创报的总编辑刚刚接下了另一家地方报的社长……每个人都跟墓碑下的老人家有着说不完的故事。

当然，故事最多，多到说不完也不知从何说起的是接续老先生事业的那个人。祭拜的人群陆续下山后，看他一个人跪在墓碑前的草丛里，用水清洗碑上刻的每一个字，看他起身凝视墓碑久久不动，阳光已渐移到头顶上，风吹树梢不止；没人听到他跟他地下的父亲讲些什么，但听不见却不难想象，千言万语无非是关于报馆的故事，那些起起落落、浮浮沉沉的大报馆故事。

## 旧版的报馆故事

二○○八年十二月三十一日，我离开报馆前一天，写了封信给编辑部的同事：

"三年前接总编辑时，我是抱着'把一身功夫还给少林'的报恩心情回到报馆；三年后的今天离开，心情大概只有'把缺憾还诸天地'这句话可以形容吧。

"'缺憾'，是因为未竟全功，有点遗憾的意味，却远比遗憾复杂。我从来不后悔曾经做过的事，包括我决定离开苦守了十八年的寒窑（《新新闻》）回来《时报》，包括我在总编辑任内的所言所为，以及我在此时选择辞职。但遗憾却难免，遗憾什么呢？为那些未来与过去本来可做、该做、想做但却未能做到的事情而遗憾吧。

"刚回报馆时，我曾经多次说要'重新擦亮少林寺的招牌'，要'重整队伍、重新定位、重新出发'，要'在价值上、策略上、风格上与其他报纸区隔'，要'恢复《时报》的影响力'……这些话言犹在耳，三年来我也确实跟大家一起'也同欢乐也同愁'，夙夜匪懈地朝这些目标全力以赴，但我究竟做了多少？有哪些想做未做而留下的'缺憾'？不必想也知道是不计其数，但我自己唯一能说的是：我不曾懈怠过；至于其他，就'留给他人说'吧。

"老朋友都知道，我一向是个不信东风唤不回的人；如果有可能，绝不会轻易放弃陪大家继续打仗的机会；驰骋战场攻城略地，何等快意！将士再老，也不会轻言撤退。但时、势、人、事的变移，却让我不得不辞，不得不向大家说声抱歉。

"当然，不只是对大家抱歉：昨天去开最后一次主笔会议前，我又绕道去了趟老先生的纪念室，去看看他挂在墙上那张潇洒的照片；去看看他引梁启超词'千金剑万言策'所写的那幅字；去向他说声抱歉：'小和尚'终究未能竟其遗志；并且请他护佑新的经营团队能长保《时报》于不坠。"

那天下午去八楼向老先生辞行时，台北下着雨，我一个人坐在沙发上，凝望着墙上他以特殊"余体"写的那幅字："千金剑，万言策，两蹉跎。醉中呵壁自语，醒后一滂沱。不恨年华去也，只恐少年心事，强半为销磨。愿替众生病，稽首礼维摩。"一看再看，一读再读。

梁启超写"甲午"时，才二十多岁，感时忧国之作，老先生何以独钟此词？提笔写字当时，又欲寄何情于任公此词当中？我不得而知，也从来不曾问过他，但"甲午"词中满溢的沮丧之情与挫折之感，我却感同身受，也正是我离开报馆当时的心情写照：两蹉跎，一滂沱，少年心事尽销磨。

初识老先生时，我二十五岁，他六十七岁，一老一少在他书房对坐，交谈不久他就决定："你去做《人间》副刊主编。"

《人间》那时是众矢之的，警总的眼中钉，右翼保守势力每天拿放大镜检查的对象；一个满脑子风花雪月，一肚子理想抱负的文艺青年，虽然天真愚勇，相信天下没有翻不过的山，但一个从未尝过江湖险恶的小青年，怎么可能在黑暗势力无所不在的那种氛围中存活？

果不然，在一场以声讨《人间》为主的所谓全岛文艺会谈后，老先生又找我去他的书房："你年轻，斗不过他们。"接着一句话："你去采访组，跑立法院新闻。"从此定型化了我的一生。被黑暗势力逼走的文艺小青年，反而回过头来以笔当矛，又天真愚勇地挥进了黑暗势力无边无际的世界中。三十年，年复一年于焉过去，小青年早已华发如盖，天真愚勇却一如当年。

我在悼念好友张叔明一篇短文中曾经这样形容："一九七〇年代中期的《中国时报》编辑部，像个江湖，左中右独各门各派四处林立，老记小记老编小编错落杂置；在台湾读完大学属于战后世代的那批小编小记，隐隐然已在四楼的老编辑部里起了量变引起质变的化学变化。"七〇年代虽是报馆世代交替的开始，但三十年后，我仍然纳闷的是：那是"两大报"冲六十万、百万份发行量的年代，在打仗争抢第一大报的那关键几年里，一个早已年过花甲多年的报老板，怎么敢把攻城略地的任务，交给那么多才二十多岁的毛头年轻人手上？我也曾自问，换做是我，敢吗？答案当然是否定的。

老人家那时候就像个星探，我被他"发现"，就是因为他看了我编的《仙人掌》，一本不知天高地厚，狂妄扬言要上接《新青年》、下承《文星》的刚创刊不久的杂志。其实，从七〇到九〇年代将近二十年内，许多人都是在他读书、看报纸、翻杂志时，被他偶然发现，让他印象深刻才被找进报馆的。而且，有些人办报、编报却从不仔细读报，老先生却每天细读报上每则新闻，谁写了什么、写得好坏，他一清二楚。他叫得出每个记者、编辑的名字，即使有人才来几个月，只写过少数几篇挂名特稿，但很可能哪天在电梯里碰到老先生，他瞄了下识别证，会突然说："你前几天那篇稿子写得不错。"然后，有一天他会找你到他书房，跟你谈托洛茨基、戴高乐、开明专政、费边社……他一生自命知识分子，也向以知识分子视记者，这样的报人特质在别人身上难得一见，在他却是寻常至极。

几年前，我在香港《明报》副刊写过一篇题为"举目不见一个报人"的文章，其中有几段是这样写的：

"报老板能被称为报人，就像 reporter 能被称为 journalist 一样，都是角色价值的被肯定。

"报人办报就是文人办报，张季鸾当年办《大公报》是这样办，余纪忠办《中国时报》也是如此。这两家报纸不但都曾执报业之牛耳，有一言而动天下的影响力，更曾大赚其钱，经营上绝不输商人办报。"

但老先生当然不是完美的报人，我在文章中提的理由是："余纪忠跟蒋经国的关系，不但跟张季鸾与蒋介石的关系十分相像，而且他还做过国民党的中常委，'中常委报人'这个身份，虽然让他能同时论政又问政，但这个身份终究是报人之瑕。"

二〇〇一年六月，老先生过世前十个月，南京大学有位博士生来台北访问他，问他有关新闻与政治的关系，当时也在座的他的大女儿代博士生问了一个问题："为什么蒋经国请你当中常委，你没有拒绝？"他的回答是："《中国时报》五十年来没有求政府任何一件事，名和利没有沾到一点。""中常委是选出来的，选出来以后，只好当了。""经国先生对我一直很好，那时反对的是王升，王升是军人专政，我一直反对。""但李登辉当主席后，我辞去中常委，保持舆论独立。""陈水扁两次到我这里，请我当资政，我均谢之，我说我不当资政，可以支持，若当资政，则不可以有支持意见。"老先生甚至还很感慨地下了一个结论："言论界还是离政治远一点好。"

时序往这次访问前推八个月。二○○○年十月初，报馆五十岁生日当天下午，目前人在看守所内的当时的最高领导人，在他所属政党当年宣布组党的"起义圣地"圆山饭店，当着众百宾客，以"政治受益人"的感佩语气，称许站在他身边的老报人是"台湾的民主舵手"；颂赞余音犹在耳边，第二天早上，他手下的检警调却大举拥入大理街，搜索民主舵手的报馆。当"中常委报人"时，老先生向博士生坦承"那时受国民党内的攻击"，也逼他忍痛关掉了在海外的报纸；孰料远离政治多年后，昨天才称他为民主舵手的领导人，却在十几个小时后查抄他的报馆，威权如蒋经国也不敢对他如此，暮年病中逢此巨变，情何以堪？义何所言？难怪他会对一个初识的博士生有那种无奈的感慨。

我写《明报》那篇文章时，虽未读过这篇访问，但当时即已很感慨地认为："即使是这种不完美的报人，放眼台湾当今报业，也是百中无一，求之而不可得。"

为什么有此感慨？其一是因为报纸、报老板的社会地位逐年下降而有所感："张季鸾与余纪忠当年，是因为《大公报》与《中国时报》的言论影响力，才逼得蒋介石、毛泽东、周恩来、蒋经国，不得不买他们的账，不得不对他们以国士之礼待之，甚至不得不授以问政的权力与渠道，对他们进行'软性的收编'。""文人办报时代的报人与国家领导人的这种权力关系，虽然在骨子里仍是不对等的关系，但在形式上起码还能维持平起平坐的表相。""但现在报老板与国家领导人的关系，甚至与其他更等而下之的政治人物的关系，却连形式上的平等都早已荡然无存。"

其二是因为报纸经营完全受制于市场而有所感。现在报馆开会，习见的一个场景是：每个人开口闭口都是阅读率如何，市调如何，读者爱不爱看，有没有卖点，人人讲得口沫横飞，个个俨然市场专家；但老先生办报一生，他的嘴里从来不曾讲过类似"你这条新闻没有卖点"，或者"读者不爱看这种新闻"这样的话。不讲这样的话，不代表他傲慢、视读者如无物，或者弃经营于不顾，要不然何来百万份的发行量？何来印报纸就像印钞票这样的夸张形容？若仅以特权垄断而有以致之来解释，未免太过也太狭。

但我对文人办报传统消逝的感慨，其实更是对"时代气氛"转变的忧虑与恐惧："传媒本来应该扮演'不受国家权力控制'，也'不被市场规则左右'的主体性角色。""但当文人办报的传统被商人办报的现实所取代，当报老板不以报人自期，也不以追求影响力为办报的最高价值，既向国家权力屈服，又对市场规则妥协时，这样的传媒其实是背叛了它在公民社会中的角色。"

## 新版的报馆故事

写那篇文章时，我还未重回报馆，仍在寒窑，仍与戴着不同面具的黑暗势力时时对阵；再回报馆后整整三年期间，历经内外多少风雨，看尽多少物是人非，当年写的那些话就像卡珊德拉的预言一样，一一应验，一一成真。当然，我唯一没有预言到的是：报馆竟然会像政权一样，也有改朝换代这一天的来临。

四月初，在凤凰山上去看老人家的那些老老少少，即使与他半个世纪"艰苦共尝，汗血交织，创立了一代报业"，即使历尽沧桑也看尽了兴衰起落，但谁能预知那部还在撰写中的"百年青史"，却急转直下戛然收尾，一下子就跳入了另一个完全不在预想之中的故事版本。百年太久，朝夕太短，但朝华夕拾却又尽是难言的甜酸咸辣苦。

"满目山河依旧，人事竟如何？"万里迢迢赶去天宁寺的那些人，在凤凰山上墓碑前凄然默然的那些人，也许终其一生都会像细说天宝遗事的白头宫女一般，不断地向人细说属于他们自己的报馆故事吧——当然，那是旧版的故事，新版的故事才刚刚起笔。